ET Scrittori
833

Dello stesso autore nel catalogo Einaudi

Abitare il vento
Sangue e suolo
La notte della cometa
La chimera
L'oro del mondo
Marco e Mattio
Il Cigno
3012
Cuore di pietra
Antologia del presente
Dux

Sebastiano Vassalli
Un infinito numero
Virgilio e Mecenate nel paese dei Rasna

Einaudi

Prima edizione «Supercoralli» 1999

www.einaudi.it

ISBN 978-88-06-17324-3

Un infinito numero

Tutti gli stati che questo mondo può raggiungere, li ha già raggiunti, e non una sola volta, ma *un infinito numero* di volte.

Il simbolo grafico ( ) che separa i singoli capitoli rappresenta la Gorgone di Chiusi ed è parte integrante del testo.

Era una bella giornata d'autunno. Oltre il muro del giardino e di là dagli alberi, si sentiva il rumore delle grandi macchine trebbiatrici che lavoravano nei campi alla raccolta del riso. Si sentivano e non si vedevano, perché passavano altissimi sopra le nostre teste, gli aeroplani in partenza o in arrivo dall'aeroporto di Milano Malpensa; e c'erano anche, in sottofondo, le voci della natura. (Lo stormire delle fronde, il cinguettio degli uccelli non sono ancora scomparsi del tutto da questa parte del mondo che è la pianura del Po, ma non sempre è possibile ascoltarli, in una realtà ormai interamente dominata dai rumori meccanici).

«Il tempo, – disse Timodemo, – è pieno delle nostre storie e non sa cosa farsene. E anche noi, che siamo i personaggi di quelle storie, finiamo poi sempre per soffermarci su un dettaglio, e perdiamo di vista l'insieme...»

Si sedette su una panchina in fondo al viale, e alzò la toga per non calpestarla. Soltanto allora feci caso a come era vestito, e anche a un cerchio d'oro che portava al polso della mano sinistra e che rappresentava l'uroböros, il serpente che inghiotte sé stesso. Una delle immagini piú antiche, e piú universalmente note, del tempo.

L'uomo che mi stava davanti dimostrava una cinquantina d'anni. Aveva la barba grigia, era un po' calvo e parlava un latino per me abbastanza comprensibile, grazie ai ricordi di liceo e d'università. Mi indicò un gruppo di miei personaggi, uomini e donne, che passeggiavano tra gli alberi e parlavano tra di loro in modo piuttosto animato. «Osservali con attenzione,

– mi disse. – A vederli da qui, sembra che si debbano scambiare chissà quali notizie. Ma se ti avvicini e li ascolti, ti accorgi che ognuno di loro sta soltanto recitando una parte: la sua parte, e continua a ripeterla...»

Ricordo di aver provato un moto di fastidio, per quello sconosciuto che si permetteva di criticare i miei personaggi. Chi credeva di essere? Non era anche lui un personaggio come gli altri, venuto nel mio giardino per lo stesso motivo per cui ci venivano tutti?

«Se devi raccontare una storia, – gli dissi, – raccontala. Io ti ascolto. Ma, per favore, risparmiami questo genere di considerazioni...»

Lo guardai e vidi che sorrideva. Chissà cosa aveva voluto farmi intendere, con quello strano preambolo! «Ci sono storie, – mi rispose dopo un breve silenzio, – che rimangono sospese fuori del tempo perché i loro personaggi ne conoscono soltanto una piccola parte, e perché nessuno riesce a vederle per intero. Sembra incredibile ma è cosí. Anche il mio amico Virgilio, nei suoi ultimi giorni e mesi di vita, si era reso conto di essere passato vicino a una di quelle storie, e di non avere saputo riconoscerla...»

L'uomo seduto sulla panchina continuò a parlare finché il sole, che allora era ancora alto sopra le nostre teste, scivolò pian piano dietro alle montagne che chiudono a occidente questa pianura, e finché il freddo e l'umidità della notte incominciarono a insinuarsi dentro alle mie ossa di vivo. Ed ecco la trascrizione, fedele per quanto mi è stato possibile, di quel suo lungo monologo.

1.
Timodemo

Mi chiamo Timodemo e sono nato in Grecia, in una piccola città di nome Nauplia, a poche miglia da Argo. Nauplia è il nome di un borgo in riva al mare; e io, quando vado indietro con la memoria fino ai giorni della mia infanzia, rivedo una strada che scende verso una spiaggia piena di scogli, e un grappolo di case imbiancate a calce, con le porte e le finestre verniciate nei colori dell'arcobaleno: il rosso, il giallo, l'azzurro, il viola, il verde smeraldo... Anche le barche dei pescatori che ci sono giú al porto sono dipinte con gli stessi colori e, in piú, mostrano sulle fiancate immagini di draghi, di arpie, di divinità infernali o celesti. In quel posto c'è sempre il sole, e non piove mai. (Io, almeno, non ricordo di aver visto piovere). Ci sono molti bambini e molti cani che gironzolano da una casa all'altra e poi ritornano sul molo del porto, i bambini per giocare tra le reti e le barche tirate in secco, e i cani per disputarsi qualche carogna di gabbiano o per stendersi al sole. Ogni tanto si sentono delle grida e si vedono delle donne che corrono verso gli scogli, dove altre donne scarmigliate indicano un punto nell'acqua: «È lí! No, è lí!» Queste cose succedono quando cade in mare un bambino; ma, in genere, nel momento in cui le donne gridano non c'è piú niente da fare, perché il bambino, dopo avere annaspato per un tempo ragionevole, è andato sott'acqua. I bambini, a Nauplia, sono poco piú numerosi e poco meno randagi dei cani. L'unica differenza fra le due tribú, quella dei bambini e quella dei cani, è data dal fatto che i cani, di notte, dormono dove capita, mentre i bambini dormono dentro alle case. Quasi tutti (bambini e cani) hanno dei genitori. Io ho una madre, Pasitea, con due poppe grandi ciascuna come la mia testa, e i capelli neri tenuti sciolti che le arrivano fino in vita. Attorno a mia madre ci sono uomini sempre diversi che le portano roba da mangiare o vestiti, si sdraiano sul suo letto e qualche volta prendono in braccio anche me. (Fine del ricordo). Soltanto dopo qualche anno che sono andato via da Nauplia ho poi capito cosa faceva mia madre per vivere, e perché io non avevo un padre. Pasitea era una prostituta e gli uomini che venivano nella nostra casa erano marinai. Nauplia è il porto di Argo, una città importante e con molti traffici; e chissà, forse quelle case sopra il molo erano tutte abitate da prostitute. Forse i bambini con cui io giocavo erano i loro figli. Anche se non posso esserne sicuro, credo che l'ipotesi che ho appena fatto sia accettabile e, anzi, verosimile.

Con mia madre, ci sono rimasto finché ho incominciato a crescere e ad avere dei ricordi piú nitidi: diciamo, fino all'età di cinque anni. (Ma potrebbero anche essere stati sei). Un giorno che eravamo in casa noi due soli, Pasitea mi disse che non potevo continuare a vivere in mezzo alla strada, e che mi avrebbe mandato a scuola «come i figli dei ricchi». Mi promise: «Imparerai a leggere, a scrivere e ad andare a cavallo. Diventerai un giovane per bene, e poi un uomo rispettato e importante». In realtà, la maledetta mi aveva appena venduto a un allevatore di schiavi. La mattina del giorno successivo mi fece indossare il mio unico vestito decente e mi mise sul carro di un venditore di terraglie, che doveva accompagnarmi dal mio nuovo padrone. Io riuscii a piangere per tutta la durata del viaggio, cioè per tutto il giorno. Quando finalmente il mercante di terraglie mi disse di scendere dal suo carro, perché ero arrivato, mi guardai attorno attraverso le lacrime e vidi alcune casupole di pietra e alcune catapecchie di legno, riunite in un brutto villaggio sotto il cocuzzolo di una montagna. Seppi poi che quel posto, dove dovevo trascorrere il resto dell'infanzia e una parte della giovinezza, si chiamava Dorikranos (che significa, piú o meno, «sormontato da una punta»), e che perfino le cornacchie e gli avvoltoi lo evitavano. Soltanto i ratti, fra tutti gli animali selvatici che ci sono nel mondo, ci vivevano volontariamente, e soltanto le vipere si beavano al sole tra le pietraie della rupe che sovrastava il villaggio.

Qualche anno fa, quando sono ritornato in Grecia insieme a Virgilio, ho chiesto notizie di Dorikranos: c'era ancora? E che genere di schiavi ci venivano allevati? Ma non ho incontrato nemmeno una persona, fra le tante a cui ho rivolto quella domanda, che ci fosse stata o che ne avesse sentito parlare. Forse oggi Dorikranos non esiste piú. All'epoca della mia infanzia, invece, era un villaggio popolato da alcune decine di persone e da alcune centinaia di animali; ed era il regno di Musodoro. Tutti noi che vivevamo lassú, comprese le vipere della pietraia, eravamo i suoi sudditi. Musodoro era un uomo di mezza età, tarchiato, con una grande testa pelata e lucida, una gran barba che gli arrivava a metà del petto e un certo modo di camminare dondolandosi sui fianchi che lo rendeva riconoscibile anche da lontano e anche al buio. Pretendeva che tutti quelli che gli rivolgevano la parola lo chiamassero con il titolo di maestro, ma in realtà non sapeva leggere né scrivere e non era maestro di niente. Era un allevatore di animali, e specificamente di schiavi; ed era cosí orgoglioso di quell'attività, che gli dava un potere assoluto su uomini e bestie, da considerarsi molto piú che una persona normale. Come minimo: un maestro!

Ricordo che, in fatto di schiavi, Musodoro aveva idee molto chiare. Le femmine del suo allevamento, e anche i maschi di seconda scelta (cioè stupidi o deformi), dovevano essere venduti sul mercato locale, o ceduti ai contadini in cambio dei loro prodotti. I maschi di prima scelta, invece, venivano allevati per il mercato romano: che già a quell'epoca richiedeva molti schiavi greci e li pagava piú di quelli delle altre nazionalità, soprattutto se parlavano latino e se sapevano fare qualcosa. Un pantomimo o un medico greco, ci diceva Musodoro, a Roma e a Napoli potevano valere moltissimo («Quasi quanto un gladiatore!»); ma le quotazioni erano alte anche per gli artisti della ceramica e del bronzo e anche per i grammatici, che in Italia venivano impiegati come istitutori, come scrivani, come segretari di uomini importanti e come maestri nelle scuole pubbliche. Perciò, e anche perché l'educazione di un grammatico è meno costosa di quella di un artista del bronzo o di un medico, Musodoro allevava grammatici. Comperava i bambini dalle loro madri o da chi glieli portava, e poi li teneva nella sua fattoria finché non avevano completato la loro istruzione. Li obbligava a studiare la lingua latina e l'arte del calcolo, e a sottostare a una disciplina molto rigida, fatta di regole minuziose e di soprusi inimmaginabili. Chi, a Dorikranos, non riusciva negli studi o non si adattava all'ambiente, veniva venduto per pochi soldi sul mercato di Argo e andava incontro a un'esistenza terribile, di fatiche e di stenti; chi si adattava, lo faceva perché sperava di poter migliorare, un giorno, le sue condizioni di vita. Occorre dire che eravamo infelici? Lo eravamo, anche se il nostro aspetto era quello di ragazzi ben nutriti e ben educati. Le cicatrici le portavamo dentro. La mia anima, se si potesse vederla, ancora oggi apparirebbe segnata dalle ferite di allora, come la faccia della luna nelle notti d'agosto; ma, di solito, chi compra uno schiavo non si preoccupa dell'anima, e non pensa nemmeno che possa averne una. Gli guarda gli occhi, i denti, i testicoli. Lo fa stare in piedi su una sola gamba per controllare il suo equilibrio, e gli fa tendere le mani per vedere se tremano.

Pur essendo ignorantissimo (l'ho già detto), Musodoro si atteggiava a filosofo. Il suo intercalare preferito era la frase di Diogene: «Cerco l'uomo». Amava i proverbi e i modi di dire che, per la loro banalità, si adattano a ogni circostanza e a ogni discorso; e li ripeteva fino alla nausea. Pretendeva che lo considerassimo, oltre che il nostro padrone, anche il nostro educatore e il nostro migliore amico («Io, per voi, sono piú che un padre! – ci gridava. – Vi mantengo, vi mando a scuola, faccio quello che nessuno dei vostri veri padri si sarebbe mai sognato di fare»); ma, in realtà, la sua scuola era in mano agli istruttori, cioè agli schiavi. Nelle prime classi c'erano due maestri, Pisto e Archias, che insegnavano a leggere e a scrivere ai bambini appena arrivati e badavano a dividere quelli che, secondo loro, erano in grado di continuare gli studi da quelli che non lo erano e dovevano essere venduti sul mercato locale. Il maestro delle classi superiori, invece, si chiamava Quinzione; veniva da un paese della Sicilia orientale ai piedi di una montagna leggendaria, il vulcano Etna, ed era uno degli uomini piú malvagi che io abbia conosciuto. Ricordo che ci perseguitava in ogni momento e in ogni modo possibile: ci spiava, ci castigava e, insomma, spendeva tutto il suo (mediocrissimo) ingegno e tutte le sue (notevoli) energie per renderci insopportabile un'esistenza, che anche senza di lui non sarebbe poi stata tanto piacevole. Siccome questo gli costava un po' di fatica, credeva anche di avere diritto alla nostra gratitudine. «Dovreste baciare la terra dove appoggio i piedi quando cammino! », era una delle frasi che ripeteva piú spesso. Ci invidiava (e quindi ci odiava), perché in un futuro piú o meno lontano saremmo andati in giro per il mondo. «Grazie a me e alle mie fatiche, – ci gridava, – voi, un giorno, potrete godervi la vita: viaggerete, vedrete le opere dell'uomo e le meraviglie della natura, mentre io rimarrò a Dorikranos finché mi toccherà di creparci, a spezzare il pane del mio sapere con tutti gli ingrati e gli ignoranti che verranno, come l'ho spezzato con voi... Io, Quinzione, che ho scritto la mia prima commedia a soli tredici anni, e che prima di essere venduto come schiavo sul mercato di Argo, sono stato applaudito dal pubblico dei piú grandi teatri, in Sicilia, in Grecia e perfino nella città di Roma! »

(Mi ero dimenticato di dirlo. Il farabutto che piú di ogni altra persona ha contribuito a rovinarmi l'infanzia e la giovinezza, era stato un artista mediocre e perseguitato dai creditori: che, per ripagarsi dei suoi debiti, lo avevano venduto a Musodoro, come già avevano venduto ad altri acquirenti i saltimbanchi e gli istrioni della sua compagnia).

Cosí, dunque, trascorsero gli anni del mio apprendistato di «grammatico», nella fattoria di Musodoro e sotto la sferza di Quinzione; e cosí si consumò, per me e per i miei compagni di disgrazie, quell'età giovanile che molti considerano la piú bella della loro vita, e che sarebbe la piú bella per tutti se non dipendesse, irreparabilmente, dalla casualità della nascita. (Chi nasce bene, vive bene fino dai primissimi giorni; chi nasce male, ha qualche possibilità di migliorare la sua condizione soltanto dopo che è diventato adulto, o addirittura da vecchio). Noi ragazzi che eravamo a Dorikranos sognavamo in ogni momento di andarcene, per tornare a vivere tra gli uomini liberi; ma quei pochi che avevano provato davvero a fuggire dall'allevamento di Musodoro avevano fatto tutti una brutta fine, perché erano caduti da un dirupo, o erano stati punti da una vipera, o erano finiti in mano a un pastore che se li era tenuti come suoi servi. Fuggivamo nell'unico modo possibile, cioè con la fantasia. Quando riuscivamo a scambiarci le nostre confidenze senza che Quinzione ci ascoltasse, o quando lui, per castigo, ci costringeva a stare un'intera giornata dentro agli stanzini dei maiali, bassi e sudici, la fantasia ci portava lontano da quel luogo e dalla nostra condizione di schiavi, nel piú libero dei mondi possibili: quello delle favole! In quel mondo non esisteva la povertà, perché dappertutto c'erano tesori che attendevano soltanto di essere scoperti; gli schiavi come noi erano principi in incognito, che dopo un certo numero di avventure finivano sempre per incontrare i loro veri genitori; e perfino la morte era una specie di sonno un po' piú profondo del sonno normale, da cui alla fine ci si svegliava... Cavalcavamo in paesaggi incantati, come i protagonisti delle quattro commedie in lingua latina (*Le tessitrici fortunate*, *I due gemelli*, *Lo scampato al naufragio* e *Il buon augurio*) che il nostro maestro ci costringeva a imparare a memoria; e vivevamo delle avventure abbastanza simili alle loro. Sognavamo di diventare ricchi e liberi, e di sposare delle donne bellissime. A volte, ci spingevamo ancora piú in là con la fantasia, e cercavamo di immaginare cosa fosse quell'attrazione tra uomini e donne, detta «amore», di cui i poeti parlano sempre nelle loro opere, e che a Dorikranos non si era mai vista. Pensavamo che dovesse avere a che fare con il sesso, ma che fosse anche qualcos'altro. Dicevamo: deve esserci dell'altro, per forza! (Il sesso, noi lo conoscevamo e lo vedevamo ogni giorno in tutte le sue forme, umane e bestiali; e ci sembrava impossibile che le nostre favole finissero in quel modo).

L'uomo che comperava i grammatici di Musodoro per rivenderli in Italia era una specie di androgino, senza barba e con le mammelle, che veniva a Dorikranos una volta all'anno prima che incominciasse l'estate e che viaggiava dentro una portantina chiusa, circondato da un gran numero di servitori e di guardie. L'arrivo di Acrone (tale era il nome dell'androgino) nella nostra colonia era preceduto da suoni di corni e di trombe e costituiva l'avvenimento piú atteso e temuto di ogni anno: nessun'altra ricorrenza, in quel luogo, era altrettanto importante! Musodoro andava a incontrare l'ospite fino sulla strada e poi lo accompagnava sotto il portico, facendogli aria con un ventaglio di piume di pavone. Si complimentava con lui per il suo aspetto e per i suoi abiti; gli offriva (inutilmente) del vino e dell'uva passita; e soltanto dopo averlo adulato e blandito in tutti i modi possibili si decideva a mostrargli la merce, cioè noi.

Per prima cosa, faceva venire le ragazze. Acrone era il proprietario di tutti i bordelli di Corinto e Musodoro, ogni volta, cercava di rifilargli le femmine piú carine che c'erano nella sua fattoria, giurando che erano vergini. (Gli strappava di dosso i vestiti. Diceva all'androgino, che, di solito, si mostrava poco interessato a questa fase della trattativa: «Ti autorizzo a provarle col dito, ma fai piano, altrimenti le sciupi!») La specialità di Dorikranos, però, eravamo noi, gli schiavi che parlavano latino e che dovevano essere venduti sul mercato di Napoli. Era per rifornirsi di grammatici che un grossista di schiavi come Acrone si prendeva il disturbo di salire in cima alla nostra montagna; e Musodoro, mentre ci schierava in cortile, ci faceva certi segni col viso e certe smorfie, che significavano: «Se qualcuno mi fa andare a monte un affare, lo ammazzo di botte!» Ci spogliava e ci maneggiava come se fossimo stati dei pupazzi, anziché delle persone vive. Gridava all'uomo che doveva comprarci: «Guarda che muscoli, che cosce! Li ho allevati io personalmente al sole e all'aria aperta della mia fattoria, e ti sfido a trovarne di piú sani in tutta la Grecia!»

«Vieni a toccarli con le tue mani! Su, che aspetti?»

Il mercante, allora, si alzava e si avvicinava. Aveva gli occhi piccoli e infossati nella carne come quelli dei maiali e faceva fatica a camminare perché le gambe, muovendosi, sfregavano una contro l'altra. Ci guardava in bocca e sotto le palpebre; ci faceva respirare a lungo e mentre compiva quelle operazioni ci accarezzava i genitali con la mano destra, non so se perché la cosa gli desse piacere o per verificare come reagivamo. Poi tornava a sedersi e ci rivolgeva qualche domanda, in un latino storpiato e approssimativo. Questa era la parte piú facile dell'esame perché le domande di Acrone, anno dopo anno, erano sempre le stesse, e noi che gli stavamo davanti conoscevamo già le risposte a memoria. La cosa difficile, invece, era fingere di essere piú vecchi di quanto fossimo davvero. Musodoro aveva una gran fretta di venderci e cercava di liberarsi di noi prima che il nostro sviluppo fosse completo: gridava che avevamo diciott'anni, e che non era colpa sua se non ci cresceva ancora la barba! Se i nostri testicoli erano cosí striminziti! (Acrone si limitava a guardarlo e a scuotere la testa. Gli diceva con l'espressione del viso: lascia perdere. È inutile che insisti).

Io sono comparso davanti all'androgino per tre anni consecutivi, prima che si degnasse di prendermi in considerazione. Quando finalmente gli sembrò che fosse arrivato il momento di comperarmi, cercò di tirare sul prezzo. Musodoro voleva trecento dracme, che in moneta romana corrispondono, all'incirca, a milleduecento sesterzi; Acrone, «al massimo», ne offriva duecento. Alla fine, i due furfanti si accordarono su duecentocinquanta dracme. Mentre loro gridavano io mi guardavo attorno. Non avevo nemmeno una ragione, una sola!, per amare quel posto, che anzi avevo odiato con tutte le mie forze. Ora però che stavo finalmente per andarmene, mi sentivo in corpo una grande paura: dove andavo? Da quando ero al mondo, la maggior parte della mia vita si era svolta lí. Vidi i miei compagni che mi guardavano da lontano, cercando di capire se ero stato venduto. Nessuno di loro era mio amico (a Dorikranos l'amicizia non poteva esistere, perché ognuno doveva badare a sé), ma tutti insieme erano la mia famiglia: l'unica famiglia che avessi mai avuto! Me ne andai singhiozzando; e l'ultimo ricordo che ho di quel posto è la faccia di Quinzione che dice agli altri ragazzi: «Ecco, vedete? Vi trattiamo cosí bene, qui, che quando dovete lasciarci non potete fare a meno di piangere!»

A quell'epoca avevo diciotto anni, o forse diciassette o diciannove: chi può dirlo! I miei anni non li ha mai contati nessuno. Della città di Corinto, dove mi portarono, non vidi assolutamente nulla. Rimasi chiuso per circa dieci giorni in una prigione per schiavi e subii ogni genere di violenze, da parte dei guardiani ma soprattutto da parte degli altri detenuti. Temetti, addirittura, di doverci lasciare la vita. (Ancora oggi, se ripenso a quei momenti terribili, mi sembra assurdo che degli esseri umani arrivino a comportarsi con i loro simili peggio di come si comportano gli animali feroci, e senza trarne nemmeno un vantaggio: soltanto per malvagità!) Quando finalmente Acrone mandò qualcuno a riprendermi, ero pieno di ferite e di lividi; e lui, vedendomi in quelle condizioni, si fece una bella risata. «Se dovessi venderti adesso, – mi disse, – perderei un mucchio di soldi; ma il viaggio per Napoli è lungo, e ti rimetterai in sesto prima di arrivarci».

Partii per l'Italia una mattina di giugno, con un gruppo di una ventina di schiavi. C'erano tra noi dei ceramisti, dei fabbri, dei grammatici e dei medici. C'erano anche quattro gladiatori che l'androgino aveva comperato da una delle «scuole» piú famose di quegli anni, la scuola di Epidauro, e che, da soli, valevano una fortuna. Lui, naturalmente, era rimasto a Corinto a dirigere i suoi bordelli e a occuparsi degli altri suoi affari di laggiú, ma aveva incaricato della nostra vendita un suo nipote che parlava latino, un certo Melobio, e ci aveva anche messo alle costole due guardie, perché ci impedissero di tentare la fuga. Viaggiavamo su una nave da carico piena di merci accatastate nella stiva e sul ponte, e avevamo ai piedi delle catene cosí corte e pesanti che in caso di naufragio ci avrebbero mandati a fondo in un batter d'occhi. Ricordo che un giorno, mentre passavamo tra due isole (quella sulla nostra destra era l'isola di Ulisse, la famosa Itaca), Melobio e il capitano della nave litigarono tra loro per via di una manovra che il capitano non voleva fare e che invece il nostro accompagnatore riteneva necessaria. «Se la nave fosse tua, – disse il capitano a Melobio, – e se tu avessi paura di perderla, come ce l'ho io, certamente non insisteresti per farla andare dalla parte degli scogli!»

«Perché dici queste sciocchezze? – gli rispose Melobio. – Lo sai anche tu che i miei quattro gladiatori, da soli, valgono piú della tua nave e di tutte le carabattole che ci sono sopra!»

Io, allora, pensai che si trattasse di un'esagerazione. Soltanto negli anni successivi, vivendo in Italia e vedendo le pazzie che fanno i Romani per i giochi del circo, mi sarei reso conto che probabilmente, anzi certamente, ciò che aveva detto quel giorno Melobio era la verità...

Quante cose dovevo ancora imparare! Di quel mio primo viaggio per nave voglio dire, però, che fu un bel viaggio, nonostante il fastidio di avere le caviglie chiuse dentro due anelli di ferro, e nonostante la vicinanza dei gladiatori. (Che erano degli assassini a sangue freddo, come tutti gli uomini che scelgono volontariamente di fare quel mestiere, e sapevano parlare soltanto di due cose: di ammazzare e di fottere). Anche il passaggio dello Stretto di Sicilia, cosí famoso per le sue tempeste e per i suoi mostri marini, avvenne mentre io ero addormentato sopra il ponte, tra due rotoli di cordame; sicché non me ne accorsi nemmeno. Dopo aver passato lo Stretto, navigammo per altri tre giorni senza piú fermarci, e alla mattina del quarto giorno la nostra nave entrò nel porto di Napoli, dove dovevamo essere venduti. Ricordo ancora la mia preoccupazione mentre guardavo dal mare la città che si stava avvicinando, e come mi sembrò grande e infida sotto il suo vulcano impennacchiato di fumo. (Ero arrivato nella terra dei vulcani. Già, negli ultimi giorni di viaggio, avevo visto il famoso Etna, patria di mostri come Polifemo e Quinzione; e poi, dopo che avevamo passato lo Stretto, i marinai me ne avevano fatto vedere anche un altro, quasi invisibile a causa della distanza e della foschia del mattino).

La mattina del giorno successivo ero già pronto per essere venduto in quella piazza di Napoli, vicinissima al porto, dove si contrattano gli schiavi che arrivano dalle province orientali dell'Impero, e dove vengono a fare i loro acquisti anche i mercanti di Roma e delle altre città italiane. Mi erano state tolte le catene dai piedi e mi erano state dipinte le caviglie col gesso, per coprire i segni dei ferri e per rendermi piú visibile in caso di fuga. (Dovunque fossi andato, con quei piedi bianchi, sarei stato immediatamente notato e segnalato alle guardie). Sul cartello che avevo appeso al collo c'erano scritti il mio nome, Timodemo, e il titolo di «grammatico». C'erano poi due lettere, una «S» e una «V», che significavano «senza difetti» («sine vitiis»); e altre lettere piú piccole che formavano il numero dei miei anni presunti (diciotto). Stavo accanto all'uomo che doveva vendermi, cioè a Melobio, e mi guardavo attorno con gli occhi dilatati dallo stupore. Tutti gli schiavi che riuscivo a vedere, tra la folla, avevano i piedi bianchi come i miei e portavano appeso al collo un cartello simile al mio. I nostri guardiani, invece, tenevano in mano una frusta e di tanto in tanto ci costringevano a saltare, per mostrare ai clienti che eravamo in buona salute. L'immensa piazza era piena di uomini e di donne che saltavano, di guardiani che facevano schioccare le fruste, di venditori di molluschi e di pesciolini fritti che gridavano per richiamare l'attenzione sulle loro merci, di rumori, di musica, di gente, di apparente allegria. Il mercato degli schiavi a Napoli (lo dico per chi non avesse mai avuto occasione di andarci) è il piú grande d'Italia cioè del mondo, ed è anche uno spettacolo piú istruttivo di qualsiasi rappresentazione teatrale: è la vita che rappresenta se stessa. Quante volte, poi, io ci sono ritornato da uomo libero! E quante mattine ci ho trascorso assistendo alle pantomime degli attori girovaghi o curiosando nel settore dove si vendono le donne, per vedere qualche bellezza esotica nel momento in cui era costretta a mostrarsi, nuda e piena di vergogna, a una folla di sfaccendati come me, che non erano certamente venuti lí per acquistare una cuoca... Quella prima volta, però, a saltare sotto la frusta c'ero io, e si può immaginare quale fosse il mio stato d'animo. L'idea che uno sconosciuto potesse comperarmi come si compera un pollo o una pentola di rame, e che poi potesse disporre di me secondo il suo capriccio, mi faceva impazzire di paura e di rabbia. Schiavo o non schiavo, pensavo, ero anzitutto un essere umano! Sapevo leggere e scrivere e sapevo sviluppare un ragionamento, anche complicato. Non ero un oggetto senza vita e nemmeno un animale, che può passare da un proprietario all'altro senza quasi accorgersene. Me la prendevo con gli dei dell'Olimpo. Gli chiedevo perché tolleravano che noi uomini fossimo divisi in due categorie: quella dei liberi, che sono veramente tali soltanto se hanno dei soldi, e quella degli schiavi, che devono subire sempre e comunque l'arbitrio degli altri. E mi sembrava che il mio destino, oltre che crudele, fosse anche terribilmente ingiusto...

Le prime persone che si rivolsero a Melobio per chiedergli quanto costavo, furono due comari d'età indefinibile, che parlavano tra loro un greco dialettale e gergale (credendo forse che noi non potessimo capirle), con frasi del genere: «Andiamo a dare un'occhiata a quel cazzone là», e «Chissà se sarebbe capace di scaldarmi i piedi quando vado a dormire!» Le due comari, com'era prevedibile, mi fecero alzare la tunica per vedere com'ero fatto sotto e se corrispondevo ai loro desideri anche nelle parti intime; ma quando Melobio gli disse il mio prezzo, spalancarono gli occhi per lo stupore. Mille dracme! Quattromila sesterzi! «È un grammatico, signore mie, – gli spiegò il nipote di Acrone indicando il cartello che avevo appeso al collo e che loro, evidentemente, non sapevano leggere. – Parla due lingue e sa fare i conti. Quello che serve a voi, costa molto meno».

Poi ci fu un tale che voleva un maestro di greco per i suoi figli, ma non aveva i soldi per pagarlo; e poi, ancora, arrivarono una dopo l'altra delle persone che si avvicinavano, mi guardavano, e scappavano come lepri appena sentivano il prezzo. I miei compratori, quelli veri, giunsero dopo mezzogiorno: quando la folla dei curiosi aveva già incominciato ad andarsene, e il sole era cosí caldo che si sarebbe potuto cuocere un uovo, o un pezzo di carne, direttamente sulle pietre di cui è lastricata la piazza. Erano due uomini, uno ancora giovane e uno piú anziano, vestiti in modo elegante ma senza ostentazione. Soprattutto l'anziano (che io, allora, pensai fosse il padre o un parente dell'altro, e che invece era soltanto il suo amministratore) parlava e si guardava attorno con molta autorevolezza. Il giovane era alto di statura e un po' curvo, con i capelli lisci e chiari, quasi biondi, che gli scendevano fin sopra le spalle; in viso, aveva un'espressione seria e un poco malinconica, che mi fece pensare: «Un uomo come quello, non maltratta certamente i suoi servi!» Si avvicinò e lesse ad alta voce: «Timodemo. Senza difetti. Diciott'anni». Mi chiese in quale parte della Grecia ero nato, e si informò anche delle mie capacità e delle mie inclinazioni. Sapevo scrivere sotto dettatura? Sarei stato contento di lavorare nello studio di un uomo di lettere? Io gli risposi nel mio povero latino che avrei cercato di servirlo nel migliore dei modi e lui, allora, si voltò verso l'amministratore, gli disse: «Mettiamolo alla prova. Compralo».

2.
Virgilio

Iniziò cosí la mia vita adulta. Il mio nuovo padrone, l'uomo che aveva pagato quattromila sesterzi per un «grammatico» che si esprimeva in un latino ridicolo, e che mi aveva rivolto la parola trattandomi come un essere umano prima ancora di comperarmi, era un poeta, uno dei piú grandi che siano esistiti nel mondo. È il caso di spiegare chi fosse? Virgilio (il suo nome per intero è Publio Virgilio Marone) era nato nell'Italia settentrionale, in questa pianura nebbiosa e ricca di acque dove ci troviamo adesso; ma viveva a Napoli già da molti anni, e diceva di avere due patrie: una patria, Mantova, che gli era stata data dal destino, e un'altra patria, Napoli, che si era scelta lui stesso...

Al poeta Virgilio tutti devono qualcosa. All'uomo Virgilio io sono debitore di tutto quello che so e che possiedo, e della mia stessa vita. Questa storia che sto raccontando, e che è anche la sua storia, dimostrerà (spero) che non c'è niente di esagerato o di retorico in ciò che ho appena detto.

Arrivai in casa sua impaurito e avvilito, come avrebbe potuto esserlo qualunque ragazzo di quell'età che fosse passato attraverso le mie stesse esperienze. Conoscevo soltanto gli aspetti peggiori della vita e degli uomini; e pensavo che la mia condizione di schiavo mi avrebbe condannato, comunque fossero andate le cose, a un'esistenza misera e triste. Sapevo che i miei studi non valevano niente. Il mio latino (l'ho già detto) era stentato, e la mia ignoranza della letteratura era quasi assoluta. Non avevo mai sentito nominare Ennio o Lucrezio; non sapevo niente di Epicuro, e nemmeno di Platone. Non avevo mai visto una biblioteca. Quando Virgilio mi fece entrare in una stanza della sua casa dove tutt'attorno alle pareti, dal pavimento al soffitto, c'erano dei ripiani di legno come in una bottega di panettiere, e al posto delle pagnotte c'erano i rotoli di papiro allineati in bell'ordine: i greci da una parte, i latini dall'altra e i poeti nel mezzo, io provai una grande emozione, come se fossi stato presentato agli autori di tutti quei libri. Al centro della stanza c'era una tavola di legno appoggiata su due cavalletti, e Virgilio mi disse che avrei lavorato lí. Ero (o, per meglio dire: si voleva che diventassi) il suo segretario. Ogni giorno avrei scritto le sue lettere, traducendole dal latino in greco se ce ne fosse stato bisogno; avrei messo in bella copia i suoi manoscritti, e avrei riordinato i suoi appunti. Nei momenti liberi, se ne avevo voglia, avrei potuto dedicarmi alla lettura, scegliendo tra i volumi che avevo attorno quelli che mi sembravano piú interessanti. Dovevo soltanto rispettare le tre regole fondamentali di ogni biblioteca. La prima regola, mi disse Virgilio, è che i libri non possono uscire dalla stanza in cui si conservano, per nessuna ragione e mai; la seconda, è che non ci si può scrivere sopra, o lacerarli, o sporcarli; la terza, è che dopo avere letto un libro, bisogna rimetterlo dov'era, sul suo ripiano e nel suo posto specifico.

«Qui, noi usiamo raramente la frusta, – mi ammoní il mio nuovo padrone. – Ma se uno di questi libri risultasse perduto o rovinato, la useremmo senz'altro».

La sera di quello stesso giorno incominciai a leggere il poema di Omero intitolato *Odissea*. Furono i primi versi di quell'opera, che ricordo ancora a memoria («Parlami, o Musa, dell'uomo ingegnoso e scaltro che dovette vagare a lungo, dopo avere distrutto la sacra roccaforte di Troia», eccetera), a introdurmi in un mondo meraviglioso e per me sconosciuto: quello della lettura! Mi buttai a leggere con la stessa dedizione che gli uomini, in genere, dedicano ad altri piaceri, per esempio al corteggiamento delle donne o ai giochi d'azzardo; e continuai per quattro anni, ininterrottamente, con le sole pause del riposo e del tempo che dovevo dedicare al servizio del mio padrone. Imparai tutte, o quasi tutte, le cose piú importanti che erano state pensate e scritte prima della mia nascita; mi abituai a guardare il mondo con cento occhi, anziché con i miei due soli, e a sentire nella mia testa cento pensieri diversi, anziché il mio solo pensiero. Diventai consapevole di me stesso e degli altri. Gli uomini, senza la lettura, non conoscono che una piccolissima parte delle cose che potrebbero conoscere. Credono di essere felici perché fottono, si riempiono le pance di cibo e di vino e addolciscono le loro vite con questi piaceri, assolutamente uguali per tutti; ma la lettura gli darebbe cento, mille vite, e una sapienza e un dominio sulle cose del mondo che appartengono solamente agli dei. Io, almeno, ne sono convinto. E non rimpiango nemmeno un giorno e nemmeno un'ora di quei miei anni giovanili trascorsi nella biblioteca di Virgilio, conversando con i grandi autori delle epoche passate: che si intrattenevano con me e mi rispondevano con cortesia, anche se ero soltanto uno schiavo...

Alla fine, non ebbi nemmeno piú un libro da leggere. Quando mi rivolsi al mio padrone per chiedergli il permesso di frequentare una biblioteca pubblica, lui mi guardò a lungo senza dire nulla e poi mi annunciò che l'indomani ci saremmo presentati davanti al magistrato, e che mi avrebbe fatto iscrivere nel registro dei liberti. Ricordo ancora le sue parole. «Tu, Timodemo, – mi disse Virgilio in quella circostanza, – sei già da tempo un uomo libero, perché il tuo ingegno e la tua cultura ti hanno reso tale; ma le persone superficiali, o quelle che non ti conoscono come ti conosco io, potrebbero non essersene accorte. Bisogna che tutti sappiano che la tua condizione è cambiata».

(Ecco, Virgilio era fatto cosí. Credeva che l'amicizia fosse il piú importante dei sentimenti umani, e mi fece dono della libertà nel modo che ho detto, senza chiedermi niente in cambio. Naturalmente, io rimasi a vivere con lui: per riconoscenza, ma soprattutto perché non avrei saputo rinunciare al piacere della sua conversazione, e al privilegio di stargli vicino. Continuai ad abitare nella sua villa di Pozzuoli e a fargli da segretario: mentre attorno a noi accadevano quei fatti grandi e terribili, causati dalla guerra, a cui noi, allora, cercavamo di non dare troppa importanza, e che invece stavano cambiando il mondo in cui vivevamo e le nostre stesse vite).

Sono diventato libero nell'anno in cui, a Roma, erano consoli due amici e protettori del mio padrone, cioè Ottaviano Cesare per la terza volta e Valerio Messalla Corvino per la prima volta. Quell'anno, che se la memoria non mi inganna fu il settecentoventitreesimo dalla fondazione dell'Urbe, viene ricordato ancora oggi per una battaglia navale che si svolse dall'altra parte del mare Ionio, davanti alle coste della Grecia, e che fu l'ultimo grande scontro delle guerre civili: la battaglia di Azio! Per sessant'anni, l'Italia e tutti gli altri paesi soggetti al dominio di Roma avevano dovuto assistere a una lunga e sanguinosissima serie di guerre tra i politici della capitale, che non avevano esitato di fronte a nulla pur di far trionfare i loro interessi e le loro ambizioni sugli interessi e sulle ambizioni dei rispettivi avversari. Chi era vivo in quei tempi, se riandava indietro con la memoria, ricordava solo violenze: distruzioni, devastazioni, stragi, abusi di ogni genere... Le proprietà, per decenni, erano passate di mano in mano senza che ci fosse bisogno di comprarle o di venderle, soltanto con i decreti dei vincitori di turno; i terreni coltivati erano tornati quasi tutti a essere incolti; i morti insepolti avevano ammorbato l'aria e i sonni dei vivi, e perfino i templi degli dei erano stati profanati e saccheggiati, se contenevano tesori e se nessuno si era preso la briga di difenderli! Gli dei, poi, si erano vendicati a modo loro, mandando pestilenze, carestie e ogni altro genere di flagelli. Gli animali utili: i maiali, le pecore, il pollame, i buoi, erano tutti scomparsi. In compenso, le campagne si erano riempite di vipere, di cornacchie, di ratti, di cani ritornati selvatici e di contadini che morivano di fame o che si trasformavano in briganti, perché non avevano altro modo per sopravvivere. Tutti invocavano la pace; ma la guerra, ormai, aveva messo le sue radici fino dentro Roma, tra gli antichi palazzi dell'aristocrazia repubblicana: e sembrava che dovesse durare in eterno...

Per quanto mi riguarda personalmente, i miei ricordi della guerra civile sono pochi e si riferiscono tutti ai primi anni della mia permanenza in Italia. Io, Timodemo, ricordo i soldati che passavano davanti alla villa di Virgilio, sulla strada che da Cuma va a Napoli, scortando i prigionieri che dovevano essere trasferiti a Roma o giustiziati sulle pubbliche piazze; e poi, ricordo la battaglia che si combatté sui muri di tutte le città, tra la propaganda di Ottaviano Cesare e quella del suo rivale Marco Antonio. Un nuovo tipo di guerra, che non faceva né feriti né morti, ma che era quasi altrettanto importante di quella tra gli eserciti... Anche a Napoli, e anche sulla strada per Cuma, i muri a favore di Antonio dicevano che il panettiere di Aricia, cioè Ottaviano, era diventato l'erede del grande Giulio Cesare grazie alle sue arti di «cinedo» (omosessuale passivo). Centinaia di disegni fatti con gli stampini mostravano un danzatore visto di spalle, con le gambe piegate e aperte, e sotto al danzatore c'era scritto: «Guarda come il cinedo muove bene le natiche!» Quelle scritte, che nessun padrone di casa si azzardava a cancellare, avevano tenuto il campo per un po' di tempo, finché erano state sostituite da quelle a favore di Ottaviano. I muri di Napoli, allora, si erano riempiti di nuove frasi e di nuovi disegni, con Antonio-cane in piedi sulle zampe di dietro, il sesso in fuori, davanti a una donna incoronata (la regina Cleopatra); o con Antonio-somaro cavalcato da una regina. La notizia della battaglia di Azio e della vittoria di Ottaviano lasciò tutti indifferenti, per lo meno a Napoli. C'erano già state tante battaglie in passato, e chissà quante ce ne dovevano ancora essere, prima che i generali si mettessero d'accordo su chi di loro doveva comandare anche agli altri! Soltanto dopo qualche settimana la gente incominciò a rendersi conto che, forse, era accaduto davvero qualcosa di decisivo, perché gli eserciti erano scomparsi, e perché le scritte della propaganda sbiadivano senza che nessuno si preoccupasse di rinnovarle. Sui muri delle case tornò a combattersi la battaglia che si combatte da millenni, tra «mentule» e «pilose» (cioè tra genitali maschili e genitali femminili); e tornarono ad affacciarsi, dapprima timidamente, poi in modo sempre piú sfrontato, la pubblicità commerciale e gli annunci abusivi, del tipo: «Se ti fanno male i denti, rivolgiti ad Asellio».

Di tanto in tanto andavamo a Roma. In quella città, che è la capitale del mondo, Virgilio aveva un appartamento in un'«insula», cioè in un condominio della centralissima via Nuova, tra il Foro e il monte Palatino; ma cercava di rimanerci il meno possibile. Le vie e le piazze della capitale gli facevano venire l'emicrania con il loro frastuono, e lo spaventavano con le loro folle cenciose e sguaiate. Qualche volta, durante i nostri soggiorni, andavamo a passeggiare nel Foro, e ci spingevamo su per la via Sacra, tra le statue e i templi che testimoniano il passato glorioso dell'Urbe: soltanto nella buona stagione, però, e soltanto nelle prime ore della giornata, quando i passanti sono ancora pochi e camminano in fretta. Nelle ore piú tarde, la via Sacra diventa il ritrovo di tutti i fannulloni e di tutti i pettegoli di Roma (oltreché, s'intende, di tutte le donne che vogliono incontrare un uomo e di tutti gli uomini che vogliono incontrare una donna); e Virgilio se ne teneva alla larga. Se doveva andare da Mecenate, all'Esquilino, faceva venire una lettiga di piazza, di quelle con le tendine che si possono chiudere dall'interno. I suoi amici lo prendevano in giro per quei comportamenti da uomo timido e scontroso; e lui allargava le braccia. Gli diceva: «Dovete scusarmi! Sono nato in campagna, e le città mi hanno sempre messo a disagio. Non sopporto i rumori troppo forti o troppo prolungati; ma, soprattutto, mi spaventa l'aggressività della plebe romana, cosí diversa dai modi aperti e cordiali della gente di Napoli...»

Mecenate, a quell'epoca, era il protettore di Virgilio, il suo editore e il suo unico tramite con la buona società della capitale; ed era anche uno degli uomini piú potenti di Roma, cioè del mondo intero. Diceva di discendere dai Cilnii, i sovrani etruschi di Arezzo, e di essere un re in esilio; ma rispetto alle grandi dinastie della politica romana: i Metelli, gli Scipioni, gli Emilii Lepidi, i Pompei, anche lui era un uomo venuto dal nulla e un avventuriero come il suo amico Ottaviano, che di lí a qualche anno si sarebbe fatto chiamare Augusto per liberarsi del ricordo degli antenati mugnai. (E, forse, anche per liberarsi di quelle natiche del cinedo che avevano danzato su tutti i muri d'Italia).

Devo dire qualcosa di Mecenate. Devo spiegare che aveva fatto carriera, a Roma, come consigliere politico di Ottaviano ventenne, negli anni che erano seguiti all'assassinio del «divino» Giulio Cesare; e che aveva anche aiutato il suo protetto a sbarazzarsi di alcuni dei suoi rivali piú pericolosi. L'uomo che la plebe romana chiamava «l'Etrusco» o «Capitone» (per via della testa un po' troppo grossa rispetto al resto del corpo) era diventato uno dei dominatori della scena politica di quegli anni senza avere un partito proprio, ma guidando il partito di un altro; perciò, a Roma, molti credevano che si stesse servendo del figlio adottivo di Cesare per i suoi fini, e che volesse arrivare al potere in quel modo. In quanto a Ottaviano, all'epoca del mio arrivo in Italia erano ancora pochi quelli che pensavano di doverlo prendere sul serio. Nessuno aveva capito perché il divino Giulio lo avesse nominato suo erede (la storia del cinedo, naturalmente, era una favola inventata per screditarlo, e soltanto gli stupidi potevano crederci); nessuno, o quasi, avrebbe scommesso su di lui, che alla fine sarebbe riuscito a sbarazzarsi degli altri pretendenti e a diventare il padrone del mondo. La propaganda di Marco Antonio gli aveva cucito addosso l'immagine di un giovane imbelle ed effeminato; e lui, forse per dimostrare la sua virilità o perché quello era il suo vero carattere, si comportava con le donne in modo prepotente e volgare, trattandole da puttane anche se appartenevano alle grandi famiglie dell'aristocrazia, e anche se erano mogli o fidanzate di uomini illustri. Ricordo che circolarono per anni, nei salotti romani, certe storie quasi incredibili, di Ottaviano che aveva costretto una discendente degli Scipioni a denudarsi in pubblico, per mostrare ai suoi amici che aveva un neo dalle parti del pube; o, ancora, di lui che aveva dato scandalo durante un banchetto, alzandosi e trascinando fuori della sala la giovane moglie del cavaliere Licinio Privato, appaltatore pubblico e sostenitore della sua causa. E ricordo che le matrone erano eccitatissime. (Strillavano: «L'ha fatto anche con Azia e perfino con Lucrezia che è la moglie di un ex console, e quelle due puttanelle hanno poi avuto il coraggio di rimettersi a tavola a fianco dei rispettivi mariti, con i vestiti in disordine e con i segni degli assalti sul collo. Cos'altro ancora ci toccherà di vedere, in quest'epoca senza piú freno né leggi? Chi salverà dalla rovina le nostre istituzioni, e gli ridarà un poco di credibilità e di decoro?»)

Io, Timodemo, ho visto per la prima volta Ottaviano Cesare mentre ancora ero uno schiavo, a Roma, a una lettura pubblica del mio padrone Virgilio. Non so chi fossero i consoli di quell'anno, e, per quanto mi sforzi, non riesco a dare una collocazione precisa a questo ricordo, che pure è vivo e nitido nella mia memoria. So che il mondo, ancora, non era in pace; Ottaviano era in Italia e Marco Antonio era di là dal mare con sua moglie Cleopatra, ma nella capitale del mondo la gente parlava e si comportava come se la guerra, ormai, fosse stata soltanto un ricordo. C'erano un gran fervore di iniziative, intorno a noi, e una grande voglia di vivere. Nei palazzi dei nobili, la moda del momento era quella delle letture pubbliche di poesia. Tutte le famiglie piú in vista della capitale avevano un loro «auditorio», cioè una sala destinata a quel genere di riunioni, e patrocinavano uno o piú circoli di scrittori. Nel volgere di pochissimi anni, mi diceva Virgilio, Roma era diventata il centro mondiale, oltre che della politica, anche della letteratura e dell'arte; e quel fenomeno, cosí nuovo e cosí strano in una città tradizionalmente dedita a tutt'altre faccende, era dovuto all'opera di una sola persona, cioè di Mecenate. Era merito suo (o, a seconda dei punti di vista, era colpa sua) se in riva al Tevere c'erano piú poeti di quanti ce ne fossero stati in tutto il secolo precedente; e se le botteghe dei librai, un tempo deserte, erano piene in qualsiasi ora del giorno di persone che si accaloravano a discutere su un singolo verso di Ennio o di Lucrezio, o sull'opera, ancora sconosciuta, dell'ultimo scribacchino arrivato in città...

(Quando ne parlavamo, Virgilio rideva. «Anche gli asini, – mi diceva, – di qui a poco raglieranno in versi, e anche le cicale vorranno confrontare il loro strepito con i poemi di Omero!»)

Era una sera di primavera, luminosa e dolce come soltanto a Roma possono essere le sere di primavera. L'auditorio di Mecenate era pieno di persone venute per assistere a un avvenimento di cui si era parlato a lungo, nelle librerie e nei circoli letterari della capitale: la prima lettura pubblica di Virgilio! I biglietti d'invito dicevano che il poeta avrebbe letto la seconda parte (inedita) dell'opera a cui stava lavorando, intitolata *Georgiche*; e gli amici del mio padrone, e anche quelli del padrone di casa, erano tutti presenti. C'erano, mescolati tra la folla, gli scrittori Caio Valgio Rufo, Caio Fundanio e Orazio Flacco; c'erano i giovanissimi Properzio e Tibullo; c'era Servio Sulpicio con la figlia Sulpicia; c'erano Vibio Visco e Plozio Tucca con Vario Rufo, Ottavio Musa e tanti altri che io, allora, non avevo ancora avuto modo di conoscere, seduti sulle panche insieme ai frequentatori abituali di quel genere di incontri. In tutto, almeno duecento persone! In prima fila, nelle sedie riservate alle autorità, c'erano alcuni aristocratici come Asinio Pollione e Valerio Messalla Corvino, che avevano auditori e circoli di poeti propri; e anche alcuni personaggi della politica di quegli anni (ricordo di aver sentito nominare, tra gli altri, Acilio Glabrione, Censorino e Appio Claudio Pulcro), che non si erano mai visti a quel genere di incontri, e sembravano stupiti loro per primi di trovarsi lí. Quando Mecenate gli fece un cenno, Virgilio salí sulla pedana tenendo in mano i fogli che io gli avevo preparato. Era molto pallido; ma prima che incominciasse a leggere, si sentirono delle grida fuori dell'auditorio, e poi anche uno scalpiccio di zoccoli, un clangore e uno strepito di armi che cozzavano una contro l'altra... Molti dei presenti, impauriti, si alzarono per andarsene e il padrone di casa dovette fermarli con un gesto del braccio. «Salutiamo, – disse, – l'erede designato del divo Giulio. Ave a te, Cesare!»

Ottaviano, allora, aveva circa trent'anni ed era un uomo come ce ne sono tanti, senza nessuna caratteristica, per lo meno esteriore, che facesse presagire il suo straordinario destino. Se non fosse comparso in casa di Mecenate circondato dai legionari con le spade in pugno, io certamente non l'avrei riconosciuto e, forse, non mi sarei nemmeno accorto di lui. Salutò i notabili della prima fila di sedie, che si erano alzati in piedi e tendevano le palme delle mani perché le toccasse; e poi fece un gesto verso quelli che lo stavano applaudendo, per ringraziarli e per dirgli di smettere. (Quel gesto, un po' troppo brusco e un po' troppo imperioso, ci fece capire che l'erede del grande Giulio Cesare trascorreva la maggior parte del suo tempo negli accampamenti dei soldati, e che era abituato a trattare tutti come se fossero stati soldati). Si sedette a fianco di Mecenate. Allora Virgilio incominciò a leggere i suoi versi: dapprima con un leggero tremito nella voce, e poi via via rinfrancandosi mentre trattava della coltivazione degli alberi, degli innesti, della diversa fertilità dei terreni, del clima e delle stagioni... Quando arrivò a parlare della fine dell'inverno, e della natura che si risveglia, il silenzio in sala era assoluto.

«Non lasciarti persuadere da nessun consigliere, – disse Virgilio alzando la voce senza rendersene conto, – a smuovere la terra ancora irrigidita dal soffio di Borea.

È la primavera che giova alle foglie dei boschi, è la primavera che giova alle piante,

è in primavera che i terreni sono turgidi e invocano i semi fecondatori.
Allora il padre onnipotente, l'Etere, con le piogge che rigenerano,
scende nel grembo della sua lieta sposa, e tutte
le creature vivifica, avendo congiunto il suo grande corpo al grande corpo di lei.
Allora i boschi inaccessibili risuonano di uccelli cantori,
e gli animali, ognuno nel suo momento specifico, ritornano a Venere.
Partorisce il campo generatore di vita e ai tiepidi soffi di Zefiro
le zolle si aprono; in tutte abbonda una umida linfa,
i germogli si affidano senza paura ai nuovi raggi del sole, e il pàmpino
non teme la levata degli Austri o le piogge che i grandi venti spingono giú dal cielo, ma butta fuori le sue gemme e dispiega tutte le sue foglie. Non altri, potrei credere, erano i giorni che brillarono nella prima origine del mondo nascente, non diverso il loro aspetto; primavera fu quella, primavera viveva il grande universo e gli Euri trattenevano i loro soffi invernali, quando i primi animali bevvero la luce e la razza terrestre degli uomini levò il capo dalle dure zolle, e i boschi si riempirono di animali e il cielo di stelle...»

A quel punto, Virgilio dovette interrompersi perché tutti, in sala, si erano alzati in piedi e applaudivano. Mi si crederà se dico che anch'io, che pure conoscevo quei versi a memoria per averli trascritti nelle loro varie stesure, avevo gli occhi pieni di lacrime? Ci fu qualcuno, dietro alle mie spalle, che disse: «Sembrano versi di Lucrezio!» E ci fu, subito, chi ritenne di doverlo correggere: «No, questi sono ancora piú belli». Anche Ottaviano, che era l'unico a essere rimasto seduto, applaudiva e faceva segno di sí con la testa. Mecenate si guardava attorno con aria di trionfo. Credo che stesse assaporando, oltre al successo dell'amico, anche il suo successo personale. Era lui, in quel momento, e non Ottaviano o nessun altro, l'uomo piú importante di Roma: l'arbitro della politica e del gusto, il dominatore delle mode e della cultura! Tutte le persone che erano lí, nell'auditorio del suo palazzo, senza rendersene conto stavano recitando una parte in una commedia che nessuno, ancora, si era preso la briga di scrivere, e che aveva come suo palcoscenico Roma e il mondo. Ottaviano e Virgilio, ognuno nel suo campo specifico, erano i protagonisti di quella commedia. Lui, però, Mecenate, era l'uomo che li aveva portati alla ribalta: il loro autore, anzi il loro editore! Quando l'applauso finí, il padrone di casa, che era in piedi come la maggior parte dei suoi ospiti, si rivolse all'erede di Cesare. «Ecco, – gli disse, – il segnale che tu e io abbiamo aspettato per tanto tempo e con fede incrollabile, negli anni che sono seguiti all'assassinio del tuo padre adottivo, il divino Giulio! Soltanto per mezzo della poesia gli dei potevano mandarcelo. Il lungo inverno della guerra sta finalmente per concludersi, e all'inverno succederà una nuova stagione: cosí ricca di energie, cosí rigogliosa, cosí splendida, come ce la annunciano i versi inimitabili del nostro Virgilio, e come tu, Ottaviano, ce la stai preparando. Non è un caso che tu oggi ti trovi qui insieme a noi, nel mio modesto auditorio, e che dedichi un'ora del tuo tempo ai versi di un poeta...»

3.
Il viaggio

Dopo aver accordato a Virgilio la sua alta protezione, assistendo alla lettura del secondo libro delle *Georgiche*, Ottaviano ripartí per l'Oriente; vinse ad Azio, e da quel momento il declino di Marco Antonio diventò inarrestabile. In Italia, i suoi sostenitori tentarono di rovesciare le sorti della guerra impadronendosi di Roma con un colpo di mano, ma Mecenate riuscí a prevenirli: affrontò e disperse i soldati sulla via Tiburtina, a sette miglia di distanza dalla capitale, e fece uccidere i capi, che avevano commesso l'errore di precederli e di entrare da soli in città. Anche io e Virgilio, del tutto involontariamente, ci trovammo coinvolti in quegli ultimi avvenimenti della guerra civile. Una mattina, arrivavamo a Roma venendo da Napoli e rimanemmo bloccati per tre o quattro ore sulla via Appia, in una colonna di carrozze e di carri che si allungava nella campagna romana a perdita d'occhio, tra viaggiatori disorientati e ortolani e pescivendoli furibondi, perché il sole e il caldo gli rovinano le merci! Nessuno sapeva dire cosa fosse successo. Tutte le strade erano presidiate da soldati in assetto di guerra, e l'unica cosa che riuscivamo a vedere dal posto dove ci trovavamo era una colonna di fumo denso e nero sulle pendici del Celio, come se laggiú ci fosse stato un incendio. Quando finalmente potemmo entrare in città, ci fu detto che era andato a fuoco il palazzo di Emilio Lepido, e che i capi del partito di Marco Antonio erano morti quasi tutti laggiú, bruciati tra le fiamme o passati a filo di spada dai legionari fedeli a Ottaviano. Mecenate li aveva fatti circondare nel corso della notte, e poi aveva ordinato di incendiare l'edificio e di uccidere tutti quelli che ne uscivano, anche se erano disarmati e anche se dicevano di volersi arrendere...

Ricordo che quella strage suscitò una grande emozione. Per qualche settimana, a Roma, sembrò di essere ritornati agli anni peggiori delle guerre civili, con le strade presidiate dall'esercito e gli accampamenti dei soldati nel Foro; ma quando poi arrivò dall'Egitto la notizia che Marco Antonio e Cleopatra erano morti, lui uccidendosi con il ferro e lei con il veleno, i soldati scomparvero e le strade e le botteghe della capitale tornarono a riempirsi di una folla entusiasta. Finalmente, dopo tanto sangue, ci sarebbe stata la pace! Nei mesi successivi, il vincitore celebrò il trionfo piú spettacolare, anzi: i trionfi piú spettacolari, perché furono due, che si fossero visti in quegli anni; e il mio padrone, che nel frattempo era ritornato a Napoli, ricevette da Mecenate una lettera che lo lasciò sbalordito. Gli si proponeva di leggere l'ultima parte delle *Georgiche* (quella che non era ancora stata scritta prima della guerra in Oriente) in un pubblico anfiteatro, davanti a Ottaviano e a tutta la sua corte di consiglieri e collaboratori. Fu allora che la poesia, per la prima volta nella storia di Roma, diventò un affare di Stato. Virgilio lesse il suo poema sulla coltivazione dei campi nel teatro civico di Atella, presso Napoli, davanti a un pubblico di senatori, di comandanti delle legioni che si trovavano in Italia, di armatori, di appaltatori, di grandi proprietari terrieri e, insomma, di persone che erano venute fin lí sperando di poter parlare al nuovo padrone del mondo, per conoscerlo meglio e per capire come si doveva trattare con lui. Io ero seduto su una delle gradinate piú alte, e ascoltavo i discorsi che si facevano lassú, tra uno sbadiglio e l'altro. Quegli uomini carichi di denaro e di responsabilità alzavano gli occhi al cielo, dicevano: «E a noialtri che ce ne importa del lavoro nei campi? Ci sono i contadini, per quel genere di faccende!» Si chiedevano: «Perché Ottaviano ha voluto costringerci ad ascoltare queste filastrocche senza capo né coda? Cosa vuole farci intendere, in questo modo, e cosa vuole ottenere da noi?» Tutti erano stupiti e disorientati; e il loro stupore diventò ancora piú grande quando, al termine della lettura, Ottaviano in persona si alzò e pronunciò alcune parole, guardando in un pezzetto di carta che gli era stato dato da uno dei suoi segretari. Ringraziò il poeta per la bellezza dei versi e anche, disse, per ciò che significavano in un mondo dove la prosperità, dopo tanti anni di guerra, poteva venire soltanto dal lavoro umile e tenace dei contadini, e dalla ripresa di tutte le attività produttive. Poi si rivolse a Mecenate. Lo lodò per il suo impegno in favore delle arti e della poesia, e gli annunciò di voler acquistare, per conto dello Stato che le avrebbe donate alle biblioteche pubbliche, tutte le copie disponibili delle opere di Virgilio; lasciando di sasso quelli che lo stavano ascoltando, compresi (credo) l'autore e l'editore delle opere in questione. I comandanti delle legioni, i senatori, i grandi proprietari terrieri, gli armatori di navi e gli appaltatori pubblici, si guardavano e cercavano di capire la causa (che, per Giove, doveva assolutamente esserci!) di ciò che avevano appena sentito e di ciò che avevano visto. L'erede del divo Giulio, si chiedevano, era diventato pazzo, oppure c'era qualcosa nella politica di Roma, che lui vedeva e che loro ancora non riuscivano a scorgere? Perché un uomo che si era assunto il compito di governare il mondo, doveva perdere il suo tempo con quel genere di sciocchezze?

Fu piú o meno in quell'epoca, se non sbaglio, che i candidati alle maggiori cariche dello Stato incominciarono a parlare, nei loro comizi, della missione imperiale di Roma, e a paragonare la dominazione romana in Oriente (ma anche in Occidente) all'Impero del leggendario Alessandro Magno, vissuto tre secoli prima. Ottaviano, mi disse Virgilio, era ossessionato da quel genere di confronti. Aveva visto, in Egitto, i monumenti dei Faraoni, e poi in Grecia aveva visitato i luoghi dove si era svolta la storia millenaria di quel popolo. Aveva ascoltato i poemi che riguardavano il grande Alessandro, e si era persuaso che il dominio di Roma sul mondo, e il suo dominio personale, non potevano basarsi soltanto sulla superiorità delle armi. Bisognava che Roma si presentasse ai suoi sudditi con un'immagine di grandezza, oltre che di forza; e che le sue origini, e le origini del suo principe, fossero racchiuse in un mito. Perciò, anche, aveva incominciato a interessarsi ai poeti. Mecenate gli aveva detto che sono loro gli unici uomini capaci di manipolare gli dei e le leggende per costruire i miti che ancora non esistono, o per modificare quelli che già esistono. Gli aveva fatto conoscere i migliori poeti latini della nostra epoca; e Ottaviano, d'istinto, aveva scelto Virgilio. (Gli mandava regali, come a un'innamorata. Lo invitava nel suo palazzo, perché gli parlasse di ciò che stava scrivendo. Ogni volta che incontrava Mecenate, gli chiedeva notizie dell'amico poeta: «È lieto? È triste? Ha bisogno di soldi?»)

(«Quando si deciderà a darci quel poema sulle origini di Roma, che Roma e il mondo si attendono da lui?»)

Bisognava creare il mito di Roma, basandosi su quel poco che si sapeva delle sue origini. Secondo l'etrusco Mecenate, tutto ciò che era sorto, in un lontano passato, sulle rive del Tevere, era sorto per opera dei Rasna, cioè degli Etruschi; ma, ogni volta che si arrivava a parlare di quell'argomento, e di quel popolo, il mio padrone scuoteva la testa. Dagli Etruschi, diceva, non poteva nascere nulla: tanto meno un mito! La loro decadenza nel presente era sotto gli occhi di tutti; e il loro antico splendore, su cui si raccontavano tante favole, probabilmente era esso stesso una favola...

«Com'è possibile, – chiedeva Virgilio a Mecenate, – che milioni di uomini abbiano dato vita a una delle piú grandi civiltà del mondo antico, come dici tu, e che quella civiltà non ci abbia lasciato niente di scritto, nemmeno un poema epico, o una raccolta di liriche, o un libriccino di annali? Eppure, gli Etruschi conoscevano l'alfabeto, e sapevano scrivere! Forse, quei tuoi antenati di cui ci hai parlato tante volte, erano cosí stupidi da non provare le stesse passioni che proviamo noi, e cosí barbari da non desiderare che i loro discendenti si ricordassero di loro?»

«Che civiltà può essere stata, quella degli Etruschi, se non ha prodotto una letteratura? E che storia può avere avuto chi non ha sentito il bisogno di raccontarla ai suoi discendenti?»

Mecenate allargava le braccia. «Io non so rispondere alle tue domande, – gli diceva: – ma so che le risposte esistono, e che c'è ancora qualcuno, nella nostra epoca, in grado di dartele. C'è un mistero nel passato dei Rasna; ed è proprio su quel mistero che si fonda la grandezza di Roma. Che ti importa se non abbiamo avuto poeti? Avremo te: e tu sarai il nostro cantore, come Omero lo fu per i popoli dell'antica Grecia...»

Il viaggio di Virgilio nel paese dei Rasna si fece nell'anno in cui furono consoli Ottaviano Cesare per la sesta volta e Vipsanio Agrippa per la seconda, in primavera; e fu preceduto da una cena in casa di Ottaviano, che serví al mio padrone e anche a Mecenate per prendere congedo dall'uomo che tutti, a Roma, ormai chiamavano «il principe». Io, naturalmente, non ero stato invitato e non c'ero; ma ricordo che Virgilio, quando tornò a casa dopo la quarta ora di notte, si lamentò di due cose: della perquisizione che aveva dovuto subire all'ingresso del palazzo di Ottaviano, e dei cibi che gli erano stati serviti. Si fece portare dalla vecchia Romula, che, a Roma, era la nostra governante, un piatto di salsiccia e lenticchie; e mentre lo divorava (a quell'epoca, il mio padrone digeriva anche i sassi) mi parlò del fastidio che aveva provato quando le sentinelle l'avevano frugato sotto la toga, cercando delle armi che naturalmente non c'erano. Anche Mecenate e sua moglie Terenzia, mi disse, erano stati perquisiti per la prima volta; e anche gli altri invitati a quella cena, sia uomini che donne. (L'unico riguardo che si era usato con le donne era stato di farle frugare dalle ancelle, in uno stanzino vicino al vestibolo).

Partimmo una mattina poco dopo l'alba dal piazzale dove si formano le carovane, davanti al Portico di Pompeo. Viaggiavamo su tre grandi carri coperti, di quattro ruote ciascuno, e avevamo una scorta di dieci uomini a cavallo guidati da un centurione di origine greca, grande e irsuto come un orso, che tutti chiamavano «Corculus»: Cuoricino. (Chissà poi da dove gli veniva, quello strano nomignolo!) Ci accompagnava un oscuro presagio. Virgilio, prima di salire sul carro, era stato inseguito e fermato da una donna con il viso coperto da un velo, che voleva leggergli il futuro nel palmo della mano sinistra. Lui, che aveva paura delle indovine e forse anche dei loro presagi, aveva ritirato la mano con forza; allora la donna si era tolta il velo dal viso, che era sfigurato da una cicatrice, e gli aveva gridato dietro tutta la sua rabbia.

«Tu stai partendo, – gli aveva detto la megera nel suo cattivo latino, – ma non arriverai da nessuna parte. Tornerai, ma non avrai un posto dove fermarti. Morirai ancora giovane, in un paese straniero!»

Eravamo una compagnia piuttosto numerosa e, nonostante l'incidente che ho appena ricordato, anche piuttosto allegra. Io e Virgilio, con i nostri bagagli, ci eravamo sistemati nel primo carro; sul secondo carro c'era Mecenate con i suoi segretari Tanai e Sarmento, di cui devo ancora parlare; sul terzo carro, infine, viaggiavano due ballerine di origine greca, Tecmessa e Ninfa, che Mecenate diceva di avere portato con sé perché ci alleviassero la noia del viaggio, improvvisando qualche spettacolo durante le soste. (In realtà, dovevano tenerci compagnia. Tecmessa era l'amante in carica di Mecenate; e chi conosceva la sua sorellina minore, la giovane Ninfa, sosteneva che non si sarebbe certamente annoiata, fra tanti uomini, e che non avrebbe lasciato annoiare nemmeno noi).

Mecenate, allora, aveva compiuto da poco i quarant'anni, ed era quasi arrivato al termine della sua carriera politica. (Lui, però, non lo sapeva; e nessuno ancora poteva saperlo). Devo descrivere il suo aspetto? Era, ed è, piuttosto basso che alto di statura, con la testa un po' troppo grande rispetto al resto del corpo (l'ho già detto) e priva di capelli nella parte superiore; ma la cosa di lui che piú ti colpisce, quando lo incontri per la prima volta, è la mobilità (o l'immobilità) dei lineamenti del viso. A seconda delle circostanze, quell'uomo può rimanere impassibile come la Sfinge di Edipo, o può esprimersi senza bisogno di parole, meglio del piú celebrato pantomimo; e questa capacità di cambiare espressione, o addirittura di cambiare faccia, è un riflesso del suo carattere. (Mutevole e portato alle grandi passioni. Mecenate ama o odia, senza vie di mezzo; e divide l'umanità, da sempre, in due categorie: quella degli amici, a cui tutto è concesso, e quella dei nemici, contro cui tutto è lecito).

I segretari di Mecenate, Tanai e Sarmento, erano due ex schiavi che lui aveva liberato in segno di amicizia e di stima, come Virgilio aveva fatto con me. Tanai era un greco di cinquant'anni, grasso e saggio, che era stato acquistato come «filosofo» sul mercato di Napoli e che aveva il compito poco invidiabile di dare consigli assennati a chi, in tutta la sua vita, non aveva mai ascoltato un consiglio, tanto meno se buono! Conosceva i dialoghi di Platone, praticamente a memoria; sapeva citare in modo appropriato

Epicuro e Crisippo, e sapeva anche mettere a profitto le loro massime sulla pazienza perché, essendo eunuco, gli toccava di sopportare un'infinità di scherzi, anche crudeli, da parte degli amici di Mecenate e di Mecenate stesso. Sarmento, invece, aveva una trentina d'anni e una storia personale poco meno movimentata di quella dell'eroe omerico Ulisse. Cerco di riassumerla in poche parole. Nato schiavo nella città etrusca di Populonia, aveva ucciso un uomo (il suo padrone) in seguito a un episodio rimasto oscuro (forse, per una storia di donne). Da allora, e per molto tempo, non aveva fatto altro che fuggire. Aveva vissuto mille avventure: era stato marinaio, venditore ambulante, aiuto sacerdote, musico e attore di strada, finché aveva conosciuto Mecenate; che lo aveva notato per la sua parlantina e per la sua bravura nel combinare scherzi, e lo aveva fatto diventare un uomo libero e ricco...

(Anche il poeta di Venosa, il grande Orazio, ci ha lasciato un ricordo di Sarmento in una delle sue *Satire*).

Era piovuto durante la notte. Noi procedevamo per la via Cassia, dissestata e piena di pozzanghere; e la vacuità del paesaggio laziale, la sua grandiosa e serena inconcludenza erano rese ancora piú evidenti da alcune nuvole che si spostavano nell'azzurro sopra le nostre teste, seguendo di pozzanghera in pozzanghera il nostro stesso cammino. Lunghe file di cippi, ai lati della strada, ricordavano i caduti delle guerre civili: le vittime di Silla, quelle di Pompeo, quelle di Cesare e quelle di Ottaviano, che si riconoscevano dalle altre perché il marmo delle lapidi non aveva ancora fatto in tempo a ingiallire. Naturalmente, non tutti quei morti erano sepolti dove si trovavano i cippi, anzi le vere tombe erano piuttosto rare in quel primo tratto della via Cassia; ma le famiglie volevano che i loro congiunti venissero ricordati lí, a poche miglia da Roma e su una strada di grande transito. Di tanto in tanto incontravamo un convoglio di carri carichi di blocchi di tufo, di lastre di marmo, di tegole e di travi. La ricostruzione dell'Urbe, incoraggiata da Ottaviano e finanziata con l'oro delle province orientali e soprattutto dell'Egitto, era allora in pieno svolgimento, e sarebbe durata parecchi anni. Sostammo ad abbeverare i cavalli in una località detta Aqua Massilia, dal nome di un proprietario che aveva voluto lasciare il suo busto accanto alla sorgente; e quando finalmente ripartimmo, dopo quasi un'ora, Mecenate salí sul nostro carro e si sedette vicino a Virgilio. Ci raccontò le sue traversie coniugali (a dire il vero, in tono piú divertito che triste). Sua moglie Terenzia, ci disse, si era invaghita del famoso gladiatore Volusio, uno scimmione con certi bicipiti grandi come l'albero di una trireme, e non faceva altro che organizzare banchetti in suo onore, per celebrare le sue vittorie nel circo. Il palazzo dei Mecenate all'Esquilino, che era stato un luogo adatto alle letture di poesia e alle discussioni di argomento filosofico, da qualche settimana era diventato una specie di locanda dove si teneva tavola imbandita a ogni ora del giorno e soprattutto della notte, con musiche e invitati della peggiore specie; e la faccenda, per quanto se ne poteva capire, sarebbe durata finché il beniamino delle folle (lo scimmione) avesse continuato a vincere e a vivere...

«Spero che Giove gli faccia incontrare in fretta qualcuno capace di accopparlo, e che quando torneremo in città la mia casa sia di nuovo abitabile!»

«E io spero, – gli rispose Virgilio ridendo, – che non sia questa la sola ragione per cui sei fuggito da Roma e ci hai indotti a seguirti nel tuo viaggio in Etruria!»

Allora Mecenate ritornò serio. Disse che soltanto lassú, nel paese dei Rasna, Virgilio avrebbe potuto scoprire le vere origini di Roma; in quanto a lui, c'erano anche degli altri motivi che lo obbligavano a tornare ad Arezzo, dopo dieci anni d'assenza! In primo luogo, doveva riprendere possesso delle sue proprietà, che erano finite in mano ad amministratori privi di scrupoli; e poi, doveva celebrare i funerali del padre. Ci spiegò che suo padre era morto in uno dei momenti piú duri dello scontro fra Marco Antonio e Ottaviano, quando lui, Mecenate, non avrebbe potuto allontanarsi da Roma nemmeno per pochi giorni; e che gli uomini mandati ad Arezzo perché amministrassero i beni dei Cilnii avevano approfittato della sua assenza, e della guerra, per rubare tutto quello che poteva essere rubato e per vendere tutto quello che poteva essere venduto. Quando i pronostici avevano dato per vincente, in Italia e nel mondo, il partito di Antonio, le pietre di confine delle proprietà di Mecenate si erano spostate un po' dappertutto, o addirittura erano scomparse; e anche molti oggetti preziosi che si trovavano nel palazzo di Arezzo, e molti schiavi, erano stati messi in vendita sui mercati dell'Etruria...

Virgilio ascoltava e sembrava sorpreso. Alla fine chiese: «Come fai a essere cosí sicuro di quello che dici, se sei sempre rimasto a Roma?»

«Ne sono assolutamente certo, – rispose Mecenate, – perché qualcuno ha provveduto a informarmi. Qualcuno che, all'epoca dei fatti, ha rischiato la vita per restarmi fedele».

Ci parlò degli amministratori disonesti. Erano romani e gli erano stati raccomandati dal fratello di sua moglie, Terenzio Varrone Murena. Uno dei due, un certo Clodio Silano, con il denaro rubato in Etruria aveva avuto la spudoratezza di comperarsi una casa in vico Lungo, a due passi dal Foro. L'altro ladrone si chiamava Salvidieno Vopisco, e i soldi di Mecenate gli erano serviti per avviare nella capitale, a nome di un congiunto, una lucrosa attività di usuraio...

«Credono che io sia all'oscuro di tutto, e che riusciranno a imbrogliarmi: ma si illudono. Dovranno rendere conto del loro operato, oltre che a me, anche a mio padre Marco Cilnio, che in questo genere di cose non ha mai amato scherzare. Una volta, per il furto di un'anfora, fece bastonare a morte uno schiavo!»

Ci fermammo per la notte in una delle solite locande che si trovano lungo le vie consolari, a poca distanza dal lago Sabatino. La cena non fu memorabile; e io, probabilmente, non mi ricorderei nemmeno di quel luogo, se non fossi rimasto sveglio quasi fino all'alba ad ascoltare il concerto degli altri viaggiatori che russavano, e il trambusto dei topi che correvano tra le assi del soffitto, sopra le nostre teste, e sembravano doverci cadere addosso da un momento all'altro.

Merita, invece, di essere ricordata e raccontata la sosta del secondo giorno: quando prendemmo alloggio in una locanda di Sutri, «da Marcello», cosí grande e cosí comoda che c'erano stanze con due soli letti, e perfino stanze singole! Mecenate, dopo essere andato a visitare i piani superiori, annunciò che lui e Tecmessa avrebbero dormito nella camera degli sposi al primo piano, e che anche Ninfa e Virgilio, se volevano, potevano avere la camera nuziale al piano di sopra. Eravamo tutti allegri, perché il viaggio non ci aveva ancora rovinato le ossa e l'umore, come sarebbe poi accaduto nei giorni successivi; e perché la tappa era stata breve. Fu mandato a chiamare l'oste. Il Marcello dell'insegna era un uomo dalle guance paonazze e dalla pancia enorme, che indossava un grembiulone di cuoio e aveva sulle spalle il mantello corto che si usa in Etruria, chiamato «tebenna». Mecenate gli disse, anzi: gli ordinò, di riservarci la grande sala da pranzo al piano terreno, e di illuminarla con tutte le candele che aveva; e lui acconsentí senza fare storie. La cena fu abbondante come ce la prometteva la pancia del padrone di casa. Per incominciare, mangiammo olive in salamoia e tonno; poi ci fu portato del prosciutto di cinghiale tagliato in fette sottilissime, e poi arrivarono le terrine piene di trippa alla falisca, che era il piatto del giorno e che venne servita per tre volte consecutive, finché non ce ne fu piú. Come vini, dopo averne assaggiati degli altri, scegliemmo un albano giovane e un falerno invecchiato, tutt'e due molto buoni. L'oste Marcello rimase accanto ai tavoli, per dirigere il lavoro dei camerieri e perché moriva dalla voglia di sapere chi era Mecenate. Quando si rese conto che, da solo, non sarebbe mai riuscito a scoprirlo, cercò di farselo dire da Sarmento. Si abbassò e gli mormorò in un orecchio: «Chi è quell'uomo seduto in capo al primo tavolo, vicino alle ragazze?»

Aveva scelto la persona sbagliata. Sarmento, a cui non dovette sembrare vero di avere un'occasione cosí bella per dare vita a una delle sue famose beffe, spalancò gli occhi e si alzò in piedi, in un certo modo che tutti smisero di parlare e si voltarono verso di lui. Gridò a Marcello, indicandogli Mecenate: «Guardalo bene in faccia, perché non lo rivedrai tanto presto nella tua locanda! Quello è il celebre pantomimo Pilade, e noialtri attorno a questo tavolo siamo gli attori della sua compagnia: la piú famosa compagnia di teatro che c'è oggi nel mondo!»

Mecenate andava in visibilio per quel genere di scherzi; ma Marcello era diffidente, ed era anche meno stupido di quanto facessero supporre la sua faccia e il suo modo di vestirsi. «Da quando ho l'età della ragione e faccio l'oste, – ci disse, scuotendo la testa, – non mi è mai capitato di vedere una compagnia di attori girovaghi, scortata da un centurione e da dieci soldati dell'esercito di Roma. Volete prendervi gioco di me?»

Sarmento, allora, corse a staccare dal muro una lira che era appesa nell'ingresso; e dopo averne regolato le corde con pochi tocchi, da vero professionista di quel genere di strumenti, l'appoggiò al tavolo e si mise a suonarla. Mecenate, serissimo, si alzò. Fece un cenno con la mano in direzione dell'oste e incominciò a cantare la celebre aria dell'*Andromaca* di Ennio:

> O padre! O patria! O casa di Priamo,
> tempio chiuso dal cardine sonante,
> io ti vidi piena di esotica ricchezza
> con i soffitti scolpiti dei tuoi atrii,
> d'oro e d'argento regalmente provvista...

Pur non essendo, come è noto, un vero pantomimo, Mecenate ha una voce bene impostata e ricca di effetti musicali, e l'applauso che seguí alla sua esibizione fu piú che meritato. Le cuoche e le sguattere che erano venute ad affacciarsi alla sala del banchetto per vedere chi stava cantando, piangevano come viti tagliate, perché l'aria «O padre...» fa piangere. Anche l'oste Marcello si soffiò il naso rumorosamente, in uno strofinaccio che teneva nascosto sotto il grembiule. Ci alzammo per brindare a Pilade e alla sua compagnia, e uno dei soldati della nostra scorta, vedendo due posti vuoti al tavolo di Mecenate, gridò: «Mancano le ragazze!» Ma Tecmessa e Ninfa erano uscite per cambiarsi d'abito, e non avevano intenzione di abbandonarci; per lo meno, non in quella circostanza. Tornarono dopo pochi istanti indossando due parrucche bionde e due abiti di scena fatti di tanti veli colorati messi uno sopra l'altro, e si fermarono al centro della sala. Si inchinarono; poi incominciarono a saltellare e a volteggiare mentre noi, intorno ai tavoli, battevamo le mani o facevamo risuonare i cucchiai contro le terrine della trippa, a tempo con il ritmo delle loro caviglie. (Anche Sarmento pizzicava con forza le corde della lira, e tutti insieme facevamo un concerto, se non proprio armonioso, certamente vivace).

Uno dopo l'altro, le ragazze si tolsero i veli, interrompendosi molte volte e riprendendo dall'inizio l'intera serie dei loro volteggi, finché rimasero vestite (ma, forse, sarebbe meglio dire: rimasero svestite) con due tunichette trasparenti di tessuto di Coo, che velavano le loro forme senza nasconderle, e le facevano apparire ancora piú sensuali. Ricordo di avere pensato, guardandole, che rappresentavano due tipi di bellezza femminile piuttosto diversi, anche se erano acconciate nello stesso modo e anche se, dai tratti del viso, si poteva capire che erano sorelle. Tecmessa era un po' piú alta di statura e un po' piú snella, Ninfa era piú rotondetta e procace: quel tipo di donna che fa impazzire i maschi del popolo e che però ha in sé qualcosa di volgare, dovuto forse al modo di parlare o di muoversi. (Una bellezza da serve, o da prostitute).

Quella sera facemmo baldoria. Lo scherzo di Sarmento ci obbligava a comportarci come una vera compagnia di attori girovaghi, ed eravamo anche eccitati per il vino e per la nudità delle ragazze, che ci turbava piú di quanto volessimo ammettere. Continuammo a gridare e a fare pazzie fino alla quarta ora di notte; soltanto allora la sala del banchetto incominciò pian piano a vuotarsi, e anche quelli tra noi che erano rimasti attorno ai tavoli mostrarono di essere stanchi. Il primo che si alzò per andare a dormire fu l'eunuco Tanai, che a dire il vero si era già appisolato un paio di volte con la testa sul tavolo e aveva dovuto sopportare, come sempre, gli scherzi della compagnia scatenata. Poi fu la volta di Virgilio: a proposito del quale, anzi, colgo l'occasione per dire che non è il caso di stupirsi se quando era insieme a Mecenate ne subiva la personalità dominante, adattandosi ai suoi umori e seguendone i capricci. Piaccia o no, lui era fatto in quel modo. Perché dovrei mostrarlo diverso da com'era davvero?

Uno dopo l'altro, gli amici si ritiravano nelle loro stanze e io uscii dalla locanda illuminata, seguendo un impulso di cui ancora oggi mi riuscirebbe difficile spiegare la ragione. Mi incamminai per un sentiero stretto fra due siepi e alzai gli occhi verso il cielo, dove un antico seminatore aveva sparso a piene mani e in tutte le direzioni le sue manciate di stelle. Dietro a me, i rumori e le voci dei miei compagni si sentivano sempre piú lontani e sempre piú deboli; e anche i miei pensieri, come i miei passi, mi portavano via da quel luogo e dal mio stesso presente. Sprofondavo nell'immensità della notte. Guardavo il cielo pieno di stelle e mi sembrava che tutti i misteri dell'universo fossero racchiusi in quella distanza, che avvertivo allora per la prima volta, fra le domande che c'erano dentro alla mia testa e le risposte che stavano lassú, mille miglia piú in alto...

Raggiunsi un corso d'acqua in fondo alla valle e mi bagnai le dita e le tempie. Rimasi seduto sopra un sasso a riflettere per un tempo che non so calcolare (forse, un'ora?), ma che certamente fu piuttosto lungo.

Quando ritornai sui miei passi, le luci della casa erano tutte spente. Attraversando il cortile, dietro a un carro, sentii un rumore che mi mise in allarme, perché assomigliava all'ansimare di un cane. Stavo per essere assalito da un animale da guardia? Mi fermai, e il respiro divenne convulso; ci fu un grido di donna, e io finalmente capii cosa stava succedendo. Quella sgualdrina di Ninfa si stava facendo fottere da un soldato, all'aperto perché nessuno si accorgesse di loro...

Voltai l'angolo e vidi una luce. Nell'atrio della locanda, seduta sui primi gradini della scala che portava ai piani superiori, c'era una ragazzina a cui qualcuno doveva avere detto di aspettarmi per accompagnarmi nella mia stanza, e che si era addormentata vicino alla sua lanterna. Le alzai il viso, prendendole il mento con due dita, e le chiesi chi fosse. La guardai. I suoi occhi erano grandi e tristi con un'ombra di malizia, come sono di solito gli occhi dei bambini costretti a invecchiare prima del tempo, senza conoscere i giochi dell'infanzia e senza avere avuto un'infanzia. Disse di chiamarsi Spendusa: brutto nome, ma non credo che fosse il suo vero nome, perché non le assomigliava. (Dovevano averglielo dato quelli della locanda, in mancanza di un nome certo e seguendo una moda di qualche anno prima). La invitai a entrare nella mia stanza. Le mostrai una moneta d'argento e vidi che il suo sguardo si illuminava. Mi abbracciò, come se fosse stata una mia sorellina piú piccola: io, allora, la sollevai e la misi a sedere sul letto, e lei incominciò a spogliarsi. Ricordo che provai una gran tenerezza per quel suo corpo apparentemente cosí fragile, e che la baciai a lungo e con vero affetto, sulla bocca, sul collo, sulle braccia, sulle ginocchia, perfino sui piedi... Queste bambine che si trovano nelle nostre locande e che fanno un po' di tutto: le cameriere, le sguattere, le prostitute, di solito sono state abbandonate dalle loro madri subito dopo la nascita, e non sanno nemmeno cosa significhi avere dei genitori. Sono animaletti spauriti che il destino costringe a guadagnarsi il pane fino dall'infanzia, in modi non sempre facili o piacevoli. L'unico amore che conoscono, quello dei clienti, forse non è il piú adatto per la loro età ma è pur sempre meglio di niente; e loro, di solito, se ne accontentano. Soltanto quando diventano adulte incominciano a odiare gli uomini, come tutte le donne della loro condizione. Da piccole sono deliziose, e anche la mia Spendusa lo era. Chissà dove sarà, adesso, e che fine avrà fatto!

La mattina del giorno successivo, nel compilare il conto della cena e dell'alloggio (che naturalmente fu piuttosto salato), quel furfante dell'oste ci mise anche un sesterzio per Spendusa; e la faccenda mi costò qualche motteggio da parte di Mecenate. Risalimmo sui carri. Tecmessa e Ninfa, che non erano abituate ad alzarsi con la prima luce dell'alba, avevano gli occhi gonfi e i capelli in disordine e non guardavano in viso nessuno; Tanai si lamentava per il mal di testa, e Sarmento imprecava. Ci rimettemmo in viaggio tra le montagne, preceduti e seguiti dagli uomini della scorta; e dopo aver percorso alcune miglia, ci accorgemmo che qualcosa, nel paesaggio intorno a noi, aveva incominciato a cambiare. Stavamo attraversando una terra che, un tempo, doveva essere stata costretta dal lavoro dell'uomo a produrre vari tipi di messi, e che ora era ritornata selvatica. Anche le case che si vedevano, qua e là, erano prive di porte e di finestre e avevano i tetti crollati. Gli alberi da frutta, che rallegravano i nostri occhi con le loro fioriture, non erano stati potati da anni; i fossi, ostruiti da sterpi ed erbacce, traboccavano d'acqua fangosa. Una maledizione sembrava aver colpito quei luoghi, rendendoli inabitabili; o forse, piú che di una maledizione, si trattava di una presenza che aleggiava nell'aria e che avrebbe anche potuto materializzarsi da un momento all'altro: quella dei banditi! Quando vedemmo, di fianco alla strada, un carro capovolto, e per terra due cadaveri gonfi come otri dentro a una nuvola di mosche, io sentii la paura che mi saliva dalle viscere e mi chiudeva la gola. Guardai il centurione Cuoricino e i soldati che ci precedevano e che apparivano tranquilli, anzi addirittura stavano scherzando sull'aspetto di quei poveri morti. Cosa sarebbe successo, mi chiesi, se i banditi avessero saputo che in uno dei nostri carri viaggiava il famoso Mecenate, uno degli uomini piú ricchi del mondo, e che certamente portava con sé una grossa somma di denaro? Sarebbero bastati, quei soldati, a proteggerci?

Dopo il valico, la strada incominciò a scendere. Intorno a noi, ora, c'erano alberi cosí grandi che tre uomini avrebbero faticato ad abbracciarne uno solo; e un piccolo torrente, inaccessibile in fondo alla sua valle, sembrava non avere mai conosciuto altre impronte sulle sue rive che quelle dei piedini delle Ninfe e degli zoccoli dei Satiri, discesi fin laggiú per spiarle e per mettere alla prova la loro pudicizia. Soltanto quando arrivammo in pianura la foresta lasciò nuovamente il posto ai campi di grano. Incontrammo, uno dopo l'altro, tre villaggi abitati da uomini e da donne con i capelli biondi, vestiti di tuniche colorate (le donne) e di brache di pelle (gli uomini). Virgilio, a cui mi rivolsi per chiedergli che razza di Etruschi fossero quelli che vedevamo per strada, mi spiegò che l'Italia, ormai, era diventata un miscuglio di popoli, e che non avrei dovuto stupirmi nemmeno se avessimo incontrato lungo la via Cassia un villaggio abitato da soli Etiopi, con la pelle del colore del cuoio! Non soltanto in Etruria, mi disse, ma anche nella pianura del Po, in Campania e nella lontana Sicilia, si potevano incontrare, mescolati alle popolazioni locali, i Galli e i Germani dalla pelle rosea e dai capelli del colore della stoppa, gli Iberici dai capelli neri come la pece e i Siriani dalle lunghe barbe e dagli sguardi obliqui... Ci fermammo nell'ultimo villaggio per abbeverare i cavalli e venimmo a sapere che i nuovi abitanti di quei luoghi erano gli uomini che avevano combattuto con Marco Antonio contro gli uccisori di Cesare, e che venivano da una regione chiamata Pannonia, a sud del fiume Danubio. Dopo un'attesa di anni, Ottaviano gli aveva concesso di stabilirsi in Etruria, e di ricostruire alcuni villaggi che lui stesso aveva fatto distruggere...

Giungemmo a Surina all'ora del tramonto. Surina è una delle poche città etrusche che conservano ancora, nella loro parte piú antica, le architetture delle epoche precedenti la dominazione romana. Le sue mura sono diroccate; ma le guerre, per volontà degli dei, hanno risparmiato gli edifici della via principale, che esiste da piú di cinquecento anni e attraversa il borgo da una porta all'altra. Su quella strada, al momento del nostro arrivo, si stavano accendendo le luci delle botteghe, e i giovanotti e le ragazze avevano già incominciato a passeggiare in su e in giú, come hanno fatto per secoli i loro antenati e come forse continuano a fare i loro discendenti, anche in quest'epoca in cui mi trovo ora e anche mentre ne parlo... L'abitudine del passeggio serale è diffusa in ogni parte d'Italia e nella stessa Roma; ma è molto probabile, per quello che io ho visto e per ciò che me ne è stato detto, che i primi a introdurla siano stati proprio gli Etruschi.

Tutte le case che vedevamo, intorno a noi, erano fatte di legno verniciato, anziché di mattoni e di pietre; e quasi tutti gli uomini che incontravamo indossavano una sorta di tunica, il «chitone», che si usa soltanto in quei luoghi. Anche le donne erano vestite con il costume locale, composto di un corpetto colorato e di una tunica di colore scuro, stretta in vita e sui fianchi e lunga fino ai piedi. (Ripensandoci dopo tanti anni, mi accorgo che soltanto a Surina ho incontrato, per la prima volta, gli Etruschi). I nostri carri procedevano adagio, tra persone che si salutavano e si fermavano a chiacchierare tra loro, senza nessuna fretta di scostarsi per lasciarci passare; e io ne approfittavo per guardare le botteghe ai lati della strada. C'erano negozi di pane, di verdura, di carne di pecora e di capra, ma anche laboratori di cuoiai, di orafi, di armaioli... C'era un'osteria che accampava come sua insegna un'enorme testa di cinghiale, e un'altra osteria che aveva invece appeso sopra l'ingresso un trofeo di corna bovine. Mentre mi guardavo attorno, mi capitò di assistere a un piccolo episodio, che mi incuriosí e mi fece riflettere sulle molte (e celebri) superstizioni del popolo etrusco. Un omino non piú alto di cinque spanne, con la gobba, attraversò la strada davanti a noi, e tutti quelli che lo videro alzarono la mano sinistra e schioccarono le dita. (Seppi poi da Sarmento, a cui mi ero rivolto perché mi spiegasse il significato di quel gesto, che si trattava di uno scongiuro contro il dèmone della gobba, e che nella religione etrusca ci sono dèmoni specifici per ogni deformità umana, cosí come ci sono scongiuri specifici per ogni dèmone).

Prendemmo alloggio nella locanda con l'insegna di corna bovine. Mentre aspettavamo la cena, Mecenate incaricò un inserviente di andare a chiamare un certo Pertunno: che, ci disse, era l'erede e il continuatore di una delle piú famose dinastie di orafi etruschi. Fra i clienti dei suoi avi, c'erano stati il condottiero cartaginese Annibale e un Faraone d'Egitto, con le rispettive mogli e figlie! L'orafo arrivò dopo forse mezz'ora, insieme a due garzoni che portavano il campionario dei gioielli dentro a una cassettina di legno. Era un uomo alto, magro e dall'aspetto un po' folle dovuto, credo, ai capelli che gli scappavano da tutte le parti e che sembravano avere sempre ignorato l'esistenza dei pettini. Riconobbe subito Mecenate: lo abbracciò chiamandolo per nome, e gli rivolse alcune domande in una lingua che doveva essere l'etrusco, perché Virgilio e io non capimmo nemmeno una parola. Anche Mecenate, però, non capiva nulla. Continuava a ripetere: «Véchas, véchais?» («Che cosa, cos'hai detto?»), finché si spazientí e fece cenno a Sarmento di spiegargli le parole dell'orafo.

«Ti ha chiesto, – gli disse il liberto, – come sta tuo padre. È da molto tempo che non ha piú occasione di vederlo a Surina».

Mecenate scosse la testa e allargò le mani, e il suo segretario tradusse quei gesti con una sola parola: «Lúpuce». («È morto»). Poi, vennero fatte le presentazioni. Quando Sarmento gli indicò il mio padrone, Pertunno e i suoi aiutanti spalancarono gli occhi e fecero un movimento all'indietro, di sorpresa e, forse, di paura. Virgilio domandò all'interprete cosa gli avesse detto; e Sarmento gli spiegò che nella lingua etrusca non c'è una parola specifica che indichi il mestiere di chi scrive libri, in prosa o in poesia. Per aggirare l'ostacolo, lui aveva definito Virgilio «zichu», cioè scrivano; ma gli scrivani, nel paese dei Rasna, sono dei portatori di disgrazie. Degli uomini impuri, come quelli che puliscono i pozzi o che seppelliscono i morti...

Ci vennero mostrati i gioielli. Erano fibbie, pendenti, pettorali, bracciali, anelli e orecchini, lavorati a sbalzo oppure coperti con uno strato di granellini d'oro, piú piccoli dei grani di sabbia che si trovano sulla riva del mare. Le figure incise rappresentavano leoni, delfini, uccelli, palme; e perché Mecenate potesse ammirarle meglio, l'artista gliele mostrò attraverso un vetro che portava appeso al collo e che faceva apparire gli oggetti piú grandi di quanto fossero realmente. Spiegò a Sarmento (e Sarmento spiegò a noi) che quel vetro era appartenuto a suo padre e a suo nonno, e che era indispensabile per lavorare l'oro secondo l'antica tradizione dei Rasna. Disse che a Vulci, a Chiusi e forse anche in altre città dell'Etruria, c'erano stati in passato molti maestri vetrai che producevano quei vetri, limpidissimi, per i loro clienti orafi. Ora però l'arte del vetro era quasi scomparsa, e anche l'oreficeria stava andando in rovina...

Mentre l'orafo parlava, Tecmessa e Ninfa si passavano di mano in mano i suoi gioielli e sembravano deluse. Quando Sarmento ebbe finito di tradurre le parole di Pertunno, le ragazze lo incaricarono di chiedergli se non aveva portato con sé qualcosa di piú moderno (dissero proprio cosí), con delle pietre colorate: «Vanno tanto di moda!»

Pertunno ascoltò e si limitò a scuotere la testa. Mecenate sgridò le sue amiche. «Voi avete offeso quest'uomo, – gli disse, – chiedendogli degli oggetti volgari, mentre i gioielli che lui vi sta mostrando sarebbero il vanto di qualsiasi regina!» Fece indossare a Tecmessa un paio di orecchini e una collana, e un'altra collana la prese per Ninfa. (Ma gli orecchini e la collana di Tecmessa io poi li ho rivisti a Roma qualche mese piú tardi, offerti in vendita per mille dracme da un gioielliere del vico Tusco). Anche Virgilio dovette accettare, in pegno di amicizia, una fibbia d'oro con incise scene di vita dei campi, e anch'io ebbi in dono un bracciale: questo bracciale che porto ora al polso e che rappresenta l'urobòros, il serpente che si morde la coda. «Fate conto, – ci disse Mecenate in quell'occasione, troncando con un gesto della mano i nostri ringraziamenti, – che questi gioielli ve li abbia regalati un mio antenato, della stirpe dei re-sacerdoti di Arezzo. Tra poco, il mondo non avrà piú oggetti del genere».

Quella notte, Virgilio e io la trascorremmo con due serve della locanda, Rufa e Lidia, e non accadde niente di particolare; intendo dire, niente che meriti di essere raccontato. All'alba del giorno successivo, ci rimettemmo in viaggio sotto una pioggerellina fitta e gelata. Salimmo con la strada fino a un'altezza considerevole (in un punto, arrivammo a toccare le nuvole), su una montagna interamente ricoperta di castagni e di abeti. Entrammo e uscimmo dalle nuvole e dal tempo. Attraversammo certi piccoli villaggi, con le case non piú alte di un piano, dove gli uomini si riparavano dalla pioggia con quei loro mantelli di panno nero o marrone, le tebenne, che li fanno assomigliare a dei funghi. Anche le case sembravano uscite da una favola, perché erano fatte di legno e perché erano verniciate con colori squillanti: il giallo, il rosso, l'arancione, l'azzurro, che sarebbero stati fuori luogo dovunque e che lí, in mezzo a quella foresta, erano addirittura assurdi! Quasi tutte le case degli uomini-fungo avevano sul tetto una o piú statue di terracotta dipinta, che rappresentavano dei e dèmoni locali; molte erano ricoperte da piante rampicanti (per esempio, da rose o da convolvoli), che aggiungevano colore a colore. Verso mezzogiorno, le nuvole continuavano a correre sopra le nostre teste, spinte da un vento umido di libeccio che soffiava tra le montagne, ma la pioggia aveva smesso di picchiettare sopra i teloni dei carri; all'orizzonte, si vedeva una striscia d'azzurro. Ci fermammo a pranzare in una locanda a fianco della strada («La tana della volpe»), dove ci vennero serviti pollo e lepre spezzettati, mescolati con semi di menta, di finocchio e con chissà quali altri ingredienti, e poi trattati con aceto e con senape: in assoluto, il cibo piú buono che io abbia mangiato in tutta la mia vita! Quando ci alzammo da tavola, Mecenate disse che eravamo dei pazzi ad andarcene; ma, se anche nei giorni successivi non ci è piú accaduto di assaggiare una pietanza in cui l'armonia dei sapori raggiungesse un livello cosí sublime, devo dire, a onore del vero, che nella terra dei Rasna abbiamo mangiato quasi sempre benissimo.

Raggiungemmo la cima della montagna. Dopo il passo, ci apparve il lago di Volsinii (Bolsena), nascosto qua e là da batuffoli bianchi di nebbia e adagiato nel cratere di un vulcano spento. Il paesaggio che avevamo di fronte era cosí bello e cosí malinconico che Virgilio disse al vetturino di fermarsi, e persuase anche me e anche Mecenate a scendere dai carri. C'era qualcosa di misterioso in quel luogo: qualcosa che io non capivo se fosse una presenza o un'assenza... Mecenate, che doveva avermi letto nel pensiero, puntò il dito verso l'orizzonte, oltre il lago e oltre il cratere del vulcano che lo racchiudeva in un cerchio quasi perfetto. «Laggiú, – disse, – da qualche parte in mezzo alla foresta, per almeno cinque secoli c'è stato il tempio del dio etrusco per eccellenza: il dio Velthune, che secondo le antiche leggende ha creato il mondo... In quel luogo, una volta all'anno si riunivano i rappresentanti delle Dodici Città e si celebravano con grandi feste i giochi pan-etruschi: le nostre Olimpiadi! Attorno al tempio c'erano sette fontane sacre e sette case, dove il dio provvedeva personalmente a istruire i sacerdoti, a unire in matrimonio gli sposi, a guarire gli ammalati, a far rivivere i morti... Là, per piú di cinquecento anni, ha pulsato il cuore della nazione etrusca!»

Chiesi a Mecenate se il dio di cui ci stava parlando fosse lo stesso che i Romani chiamano Vertunno e che invocano quando devono incontrare qualcuno, perché la sua statua nel Foro serve come punto di riferimento per gli appuntamenti; e lo vidi sorridere. «I Romani, – mi rispose scuotendo la testa, – dopo avere conquistato la nostra terra, hanno cercato di impadronirsi anche dei nostri dei, e gli hanno dato forme umane e nomi latini; ma Velthune è qualcosa di assolutamente diverso rispetto alle divinità che si venerano a Roma e nel resto del mondo. Lui è la forza che fa nascere gli animali e le piante, e che fa avvicendare le stagioni… Insomma: è la vita!»

Proseguendo lungo la via Cassia, nei giorni che seguirono, incontrammo altri villaggi abitati dai veterani delle guerre civili: che erano venuti a stabilirsi tra quelle colline insieme alle loro famiglie, e che erano originari di tutte le province di Roma, anche di quelle africane e asiatiche. Velthune, il dio della vita e delle metamorfosi, avrebbe avuto il suo da fare, nei secoli futuri, per trasformare tutta quella gente in Etruschi! In quanto ai discendenti dei Rasna, molti di loro si erano ridotti a lavorare come schiavi nelle stesse miniere e negli stessi campi che erano appartenuti ai loro antenati; molti parlavano, e si comportavano, come se fossero diventati romani. Pochissimi, favoriti dagli dei e dalle vicende delle loro famiglie, avevano conservato potere e ricchezze. Uno di quei pochi era il nobile Seio Peticina, cugino e amico di Mecenate, che ci ospitò per una notte nel suo palazzo di Chiusi. Tra le tante cose notevoli che c'erano in quel palazzo, ricordo gli affreschi del salone dove ci venne servita la cena. Erano splendidi per la freschezza dei colori e per l'eleganza del disegno; eppure, secondo ciò che ci disse il padrone di casa, risalivano addirittura all'epoca delle guerre fra Etruschi e Siracusani, cioè a piú di quattro secoli prima! Sulla parete alla nostra destra erano rappresentate alcune scene di balli e di banchetti, mentre su quella alla nostra sinistra si vedevano delle gare di lottatori e di pugili. Anche le porte della sala erano sormontate da figure di leoni e di leopardi racchiuse in paesaggi di palme, e Virgilio si stupí che i Rasna avessero avuto familiarità con quel genere di animali e di piante; ma fu ancora piú stupito, e io con lui, quando il nostro ospite gli spiegò che i leoni, i leopardi e gli alberi di palma arrivavano in Italia con le navi da Cartagine; e che erano stati piuttosto comuni nelle case dei ricchi. «Prima che Roma conquistasse l'Etruria, – ci disse Seio Peticina, – i nostri antenati si servivano delle belve per tenere lontani i ladri; e poi, quando dovevano celebrare i funerali di un loro congiunto, si divertivano a farle lottare tra di loro o contro i condannati a morte: che, se uscivano vivi da quei combattimenti, venivano liberati e graziati. Non avete mai sentito parlare di queste antiche usanze del popolo etrusco? È da lí, dai giochi funebri dei Rasna, che sono venuti, a Roma, i giochi del circo».

La notizia che Mecenate stava ritornando ad Arezzo ci aveva preceduto di villaggio in villaggio ed era arrivata a destinazione un po' prima di noi. Ce ne rendemmo conto quando fummo davanti alle mura di quella città e vedemmo un corteo che usciva per venire a incontrarci, con in testa i magistrati del popolo etrusco (gli «zilàth»), vestiti di porpora e preceduti dai littori. Dietro agli zilàth c'erano i magistrati romani, cioè i duumviri, con tutta la loro corte di funzionari e di collaboratori (lapidarii, notarii, librarii, scribi e cosí via); e poi ancora, dietro ai rappresentanti dell'amministrazione civile, c'erano quelli dei collegi dei sacerdoti e dei nobili, e molte altre persone, uomini e donne, che volevano rendere omaggio al loro concittadino piú illustre. Una grande folla! L'incontro avvenne a circa duecento passi dalle mura della città. L'avvocato del municipio pronunciò il discorso di benvenuto, cosí noioso che alla fine una parte dei presenti incominciò a fischiare e a chiedere che si facesse venire il braciere per accendere le torce. («Il fuoco! Il fuoco! Cosa si aspetta a portare il fuoco?») Ci furono alcuni momenti di confusione, mentre si accendevano le torce dei littori; poi le tube suonarono e il corteo si voltò per rientrare nel borgo di Arezzo, scortando i nostri carri fra due ali di popolo.

Tutto procedeva nel piú solenne e festoso dei modi. Davanti al palazzo dei Cilnii, nella piazza principale di quella piccola città, c'erano due uomini vestiti alla maniera romana, con la toga, che ridevano e facevano da lontano dei gesti di saluto. Mecenate ci disse che quelli erano gli amministratori di cui aveva avuto occasione di parlarci dopo che eravamo partiti da Roma, e aggiunse anche qualcosa a proposito del castigo che stavano per ricevere; ma c'era molta confusione lí attorno, e le sue parole si persero nel frastuono. Quando smontammo dai carri, gli amministratori corsero ad abbracciare il loro padrone; poi uno dei due, che era Salvidieno Vopisco, dopo aver chiesto e ottenuto silenzio dalla folla, si rivolse a Mecenate e gli annunciò che lui e il suo collega Clodio Silano erano pronti a rendergli conto del loro operato, fino all'ultimo sesterzio! I raccolti, gli disse, erano stati scarsi a causa della siccità e della guerra; molti schiavi avevano approfittato del passaggio dei vari eserciti per andarsene, ma tutto era stato scritto negli appositi registri, dalla parte dei guadagni o da quella delle perdite...

«Sí, – lo interruppe Mecenate. – So cosa avete fatto per me in questi anni e quanto vi devo; perciò, prima di entrare nel palazzo dei miei avi, voglio darvi un segno della mia riconoscenza, davanti a questi miei concittadini che hanno ritenuto di dover interrompere le loro occupazioni per venire ad accogliermi».

Fece un cenno al centurione Cuoricino, che scese da cavallo e andò a prendere qualcosa nel carro. (Tutti, nella folla, si alzarono in punta di piedi per vedere meglio. Tutti si chiesero, e chiesero ai vicini: «Che regalo gli ha portato?»)

I due bricconi sembravano contenti e anche un po' stupiti per la piega che stavano prendendo le cose. Quando videro che il dono era una spada, spalancarono gli occhi; ma, prima che avessero il tempo di accennare una qualsiasi reazione, Mecenate sguainò l'arma e colpí due volte l'amministratore che gli era piú vicino, cioè Vopisco, la prima volta al petto e la seconda volta alla gola. La folla, allora, gridò per l'orrore, vedendo il discendente dei Cilnii con la toga macchiata di sangue, e l'uomo a terra che si tamponava le ferite con le mani. Molti svennero, e anche Virgilio mi disse piú tardi di essere fuggito, perché aveva paura di sentirsi male. Io, invece, rimasi a guardare quello spettacolo, che era cosí orribile da sembrare finto: una di quelle commedie in cui gli attori usano grandi quantità di vernice rossa per impressionare i bambini e le donne, e con quell'espediente riescono a strappare l'applauso anche al pubblico maschile...

Clodio Silano si lanciò verso i duumviri, per farsi scudo con i loro corpi. Gridò: «Sono un cittadino romano e un uomo libero. Ho diritto a un processo!» Ma fu afferrato e immobilizzato dai soldati di Cuoricino che, evidentemente, sapevano già cosa dovevano fare. Tutti si aspettavano che Mecenate lo ammazzasse, come aveva ammazzato il suo complice; lui, invece, rimise la spada nel fodero e si rivolse ai suoi concittadini, sorridendo e parlandogli con un tono di voce assolutamente normale. Li ringraziò di essere venuti ad accoglierlo in quel modo solenne, con i magistrati e i littori, e poi gli indicò Vopisco ferito a morte, che stava soffocando nel suo stesso sangue. «Mi dispiace, – gli disse, – di avere rovinato la vostra e la mia festa uccidendo quest'uomo: ma era un ladro, che credeva di potersi arricchire impunemente a spese dei miei antenati, e ho dovuto sacrificarlo alle loro ombre. Gli antichi re di questa città non mi avrebbero permesso di entrare nel loro palazzo e di sedermi alla loro tavola, se non avessi compiuto questo atto di giustizia nei loro confronti».

Ci fermammo ad Arezzo sei giorni. Mecenate era tornato nel palazzo dei suoi avi per recuperare almeno una parte di ciò che gli era stato rubato e per celebrare i funerali di suo padre Marco Cilnio, morto negli anni della guerra civile; e Virgilio temeva che quella sosta sarebbe durata piú a lungo del previsto, a causa delle controversie sui terreni che dovevano essere risolte in tribunale, con perizie e controperizie e testimonianze rese davanti ai giudici. Le cose, invece, andarono in un altro modo: perché Mecenate, dopo aver ucciso il suo amministratore, in piazza e davanti ad alcune centinaia di persone, non reclamò nulla e non fece piú nulla. Le pietre di confine ritornarono al loro posto, di notte e senza che nessun giudice avesse ordinato di rimettercele; chi aveva in casa uno schiavo, o un oggetto appartenuto ai Cilnii, trovò un intermediario che lo restituisse; e la giustizia, una volta tanto, si compí da sola. L'ultimo re di Arezzo tornò a sedersi sul suo trono, idealmente e anche materialmente. Tutti i nobili di quella parte dell'Etruria vennero a rendergli omaggio e a chiedergli qualche favore; e lui li ricevette nel salone delle udienze del suo palazzo, come un monarca riceve i suoi sudditi. Al suo fianco, nel seggio che avrebbe dovuto essere occupato dalla regina, aveva fatto sedere la mima Tecmessa vestita con gli abiti di scena, cioè con la sopravveste di veli colorati e la tunica trasparente. Quando il re le faceva un cenno, Tecmessa si alzava e si esibiva in un passo di danza, o si toglieva i veli uno dopo l'altro, finché rimaneva nuda; e il re suo signore, dopo avere lodato la perfezione delle sue forme e averla paragonata a quella delle statue di Fidia, si divertiva a stuzzicare i suoi ospiti. Gli chiedeva:

«Hai mai visto, nuda, una donna cosí bella? Di' la verità, che ti piacerebbe! Quanto sei disposto a pagarla?»

(Quella messinscena, che lasciava i visitatori senza parole, era certamente un capriccio; ma rispondeva anche a una necessità. Il re di Arezzo se ne serviva per interrompere i discorsi dei sudditi quando diventavano troppo lunghi, o troppo patetici, o quando capiva che stavano per chiedergli dei soldi. A un suo biscugino di nome Avle, che era venuto a invocare giustizia per il padre, derubato e ucciso nel suo palazzo dai soldati di Ottaviano, fece addirittura scegliere tra la nudità di Tecmessa e quella di Ninfa. Quale delle due ragazze era la piú bella? Avle, senza capire bene il senso di quella richiesta e nemmeno ciò che stava facendo, indicò Ninfa. Mecenate, allora, gli si avvicinò per bisbigliargli all'orecchio:

«Riesci a credermi, se ti dico che non l'ho ancora fottuta nemmeno una volta? Eppure non sono diventato impotente!»

Il biscugino spalancò gli occhi e non disse nulla. Chiunque, in quel momento, avesse avuto davanti la sua faccia impietrita dallo stupore si sarebbe messo a ridere; ma il discendente dei Cilnii rimase impassibile. Una sfinge! «Quando siamo partiti da Roma, – spiegò ad Avle, come se davvero avesse dovuto scusarsi con lui per ciò che non aveva fatto con Ninfa, – pensavo che se ne sarebbe occupato il mio amico Virgilio; ma i poeti, lo sai anche tu, vivono in un mondo diverso dal nostro, e alla fine sono sempre io che devo provvedere anche a queste faccende. La fotterò uno dei prossimi giorni...»)

Il rito funebre per propiziare l'ombra di Marco Cilnio Mecenate si fece l'ultimo giorno della nostra permanenza in città, davanti alla tomba del nobile defunto. Mangiammo pecorino di Luni e prosciutto, e bevemmo un vino locale, chiamato falisco, che veniva servito caldo dentro boccali di terracotta a forma di animali. Il discorso commemorativo venne pronunciato in latino perché tutti potessero capirlo; ma le formule di accompagnamento nell'Oltretomba vennero gridate in etrusco. Poi, come in ogni altra parte d'Italia, ci fu la danza tradizionale dei Sileni e dei Satiri, che girano in tondo al suono dei flauti e di tanto in tanto fanno una piroetta, dandosi la spinta con i talloni. Quando la musica cessò, Sileni e Satiri si tolsero le maschere e io pensai che la cerimonia fosse finita. Invece, qualcuno dietro alle mie spalle gridò una frase che mi fece gelare il sangue: «Tutti tacciano! Stanno per incominciare i giochi funebri!»

Cosa doveva succedere, ancora? Mi voltai e vidi uno di quei cani enormi e feroci, chiamati molossi, che nei giochi del circo vengono fatti combattere contro i tori, o addirittura contro i leoni. Il cane era tenuto alla catena da un uomo che con l'altra mano impugnava una spada, e dietro a loro altri due uomini trascinavano l'ex amministratore di Mecenate, Clodio Silano, legato e con una benda nera sugli occhi.

(Non credevo a ciò che stavo vedendo. I giochi funebri... Davvero, si voleva dare un uomo in pasto a un cane, senza nemmeno che avesse la possibilità di difendersi? In cosa consistevano i giochi?)

Accanto a me, Virgilio era spaventato e indignato. Avremmo voluto andarcene, ma non riuscivamo a muoverci perché eravamo stretti dalla folla che anzi ci spingeva in avanti, mentre tutti intorno a noi gridavano: «La Maschera! La Maschera! Vogliamo vedere la Maschera!»

Finalmente, la Maschera uscí da dietro una tomba. Rappresentava il dio-cadavere Tuchulcha, con un grande becco d'avvoltoio al centro del viso e un groviglio di serpenti (finti) là dove avrebbero dovuto esserci i capelli. Qualcuno le mise in mano la catena del cane, che lanciava orribili latrati contro il condannato a morte. A quest'ultimo, intanto, erano state liberate le mani (ma non gli occhi); e gli era stata data, per difendersi, una mazza con la punta di ferro.

«Sono qui, colpiscimi, – gli gridò la Maschera: e dalla sua voce e dai suoi gesti ci rendemmo conto che era Mecenate. – Questo è un duello leale fra te e me, secondo le antiche usanze del popolo etrusco. Io non ho armi, e se ammazzerai il cane potrai uccidermi; se non ci riuscirai, morirai. Uno di noi due, tra pochi istanti, scenderà tra le ombre, e il Genio di mio padre lo...»

Non poté finire la frase perché l'ex amministratore si scagliò su di lui, ruotando la clava all'impazzata e costringendo la folla a spostarsi. La prima fase del combattimento fu piuttosto confusa, e ci fece capire che l'esito a favore del cane non era cosí scontato come avevamo creduto all'inizio. Clodio Silano, mentre il molosso gli mordeva una coscia, riuscí a ferire la Maschera a un braccio; poi i contendenti tornarono a dividersi, e la gente attorno a noi ne approfittò per le ultime scommesse. Ci fu un nuovo assalto dell'uomo bendato, che ancora una volta sembrò avere la meglio. Il suo bastone aprí uno squarcio nel fianco del cane, facendo schizzare il sangue sugli spettatori. Mecenate, però, riuscí a scansarsi. Si abbassò; e, mentre l'amministratore continuava a colpire l'aria con la mazza, gli mise tra le gambe la catena del molosso e lo fece cadere. Da quel momento, Clodio Silano non ebbe piú nessuna possibilità di salvezza. Il cane ferito lo azzannò alla gola e la Maschera, con un calcio, gli levò di mano il bastone. Lui tentò ancora di alzarsi ma non ci riuscí, perché le forze gli venivano meno. Quando finalmente rimase immobile tra le fauci della belva, ci fu il grido di gioia di chi aveva scommesso sul cane: «Vogliamo il doppio di quello che abbiamo pagato! Abbiamo vinto noi!»

Ci rimettemmo in viaggio all'alba del giorno successivo, verso Sena Iulia (Siena) e verso quella parte piú interna dell'Etruria dove in quegli anni erano sorti molti nuovi villaggi, fondati dai profughi delle città devastate e dai contadini che avevano dovuto abbandonare le loro terre ai veterani dei vari eserciti. Il nostro convoglio, ora che ci eravamo lasciati alle spalle il selciato della via Cassia, procedeva in una nuvola di polvere; e anche noi che stavamo dentro ai carri eravamo bianchi di polvere dalla testa ai piedi. Dopo la sosta per il pranzo, in cui dovemmo ascoltare i lamenti delle ragazze («Questa maledetta polvere ci sta seccando la pelle. Come faremo a difenderci dalle rughe? E chi ci laverà i capelli e ci pettinerà, in questi posti selvaggi?»), Mecenate salí sul nostro carro. Era di ottimo umore, nonostante il braccio sinistro fasciato e legato al collo. Ci raccontò che i giochi funebri del giorno precedente, cosí simili ai giochi che fanno i gladiatori nel circo, avevano eccitato le nostre compagne; e che Tecmessa e Ninfa, con la scusa che dovevano curargli il braccio ferito, erano rimaste tutta la notte insieme a lui, in un solo letto...

«Quelle baldracche, – disse ridendo, – mi stanno venendo a noia. Soprattutto Tecmessa. Ad Arezzo, per scandalizzare i miei concittadini, mi sono divertito a presentarla a tutte le persone per bene che venivano a trovarmi; e lei si è messa in testa di avere chissà quali diritti su di me, e che la terrò come mia amante in eterno. Credo che abbia meno cervello di una gallina, o di un altro qualsiasi di questi piccoli animali che gli Etruschi cucinano in modo impareggiabile».

Mecenate e Virgilio continuarono a parlare tra di loro e io andai a sedermi nella parte alta del carro, di fianco al conducente. C'era uno strano paesaggio intorno a noi, fatto di montagnole d'argilla, grigie e brulle, e di piccole valli verdi che avevano ognuna sul fondo una casupola di legno, una pozzanghera piena d'acqua e un gregge di una dozzina di pecore e di capre, piú qualche asinello. L'orizzonte, ondulato, era chiuso da foreste di lecci e di querce da sughero; ma il terreno su cui i nostri carri continuavano a procedere, a fatica e con tanti sobbalzi da farmi rimpiangere la via Cassia nei suoi tratti peggiori, aveva piú buche della superficie della luna, cosí come la vediamo da qui. In quanto allo stato delle mie ossa, preferisco non parlarne. Ero sicuro che mi sarei addormentato appena avessi toccato un letto, anche se il materasso fosse stato pieno di pietre. Non sapevo ancora, purtroppo, ciò che mi aspettava per quella notte. (Se lo avessi saputo, sarei rimasto a dormire sul carro).

Arrivammo in una locanda squallidissima, con un'insegna che non avrebbe potuto essere piú bugiarda: «Benequiesco». (Letteralmente: «Dormo bene»). Dopo una minestrina di farro e un pane bigio, e dopo qualche bicchiere di un vino che sapeva di fumo, ci aspettavano le delizie di uno stanzone comune: e buon per noi che quella notte non avremmo dovuto dividerle (le delizie) con degli sconosciuti, perché eravamo gli unici ospiti! In quel posto non c'erano nemmeno due locali separati per gli uomini e le donne; in quanto ai letti, erano dei sacconi pieni di paglia imputridita e odorosa di muffa, appoggiati direttamente sul pavimento. Ci coricammo cosí vestiti come eravamo e Mecenate incominciò quasi subito a lamentarsi, per la ferita al braccio che gli si era riaperta. Lo sentii che si alzava durante la notte, e che andava attorno per cercare sollievo; ma non credo che lo abbia trovato. Alcuni dei nostri soldati russavano cosí forte da svegliarsi per il loro stesso frastuono. Io, invece, non riuscivo a prendere sonno, a causa della durezza del letto e anche di certi piccoli animali che dalla paglia si stavano trasferendo dentro ai miei vestiti, in drappelli compatti e numerosi come le centurie di una legione. Quando finalmente mi addormentai, un'ora prima dell'alba, sognai che ero stato fatto prigioniero dai briganti, e che ero tornato a essere uno schiavo. Mi trovavo a Napoli, in quella stessa piazza del mercato dove avevo conosciuto Virgilio. Davanti a me c'era un tale con una benda su un occhio, uno straniero che parlava una lingua sconosciuta (l'etrusco?); e voleva comprarmi...

Mi svegliai sudato e gelato nello stesso tempo. Era già giorno; Sarmento aveva aperto le finestre dello stanzone alla luce e all'aria pulita di fuori, e ci stava dicendo che Tanai aveva la febbre. Ci alzammo e cercammo di rincuorare il nostro povero amico; ma ci rendemmo subito conto che le sue condizioni erano gravi, e che non avrebbe potuto continuare il viaggio insieme a noi, né quel giorno né i giorni successivi. Balbettava parole sconnesse. Era convinto che fosse arrivata la sua ultima ora, e ci perdonò tutti gli scherzi che gli avevamo fatto, per anni, con la scusa che, tanto, lui era castrato! Ci chiese di lasciarlo lí e di dimenticarlo:

«Ho riconosciuto il posto, – ci disse, – dove devo morire. Un indovino me lo aveva descritto tanto tempo fa, ed era una locanda simile a questa. Datemi retta, amici: andatevene. Continuate il vostro viaggio, e dimenticatevi del povero Tanai...»

«Il sole tramonta ogni giorno per rinascere, ma il mio sole è tramontato per sempre!»

Medici nei dintorni non ce n'erano. Dopo avere esaminato tutti gli aspetti di quella situazione, decidemmo che bisognava riportare Tanai in città («Se arriverà vivo nel mio palazzo, – disse Mecenate, – credo che riuscirà a cavarsela, perché verrà curato dai nostri medici-sacerdoti, che sono bravissimi»); e che, dunque, la nostra compagnia doveva dividersi. Sarmento, a cui non dovette sembrare vero di avere un pretesto per interrompere quel viaggio cosí disagevole, si offrí di riaccompagnare Tanai ad Arezzo e di rimanere al suo fianco, «finché non fosse guarito o crepato». Ninfa, che aveva un debole per Sarmento, si uní a loro; e Cuoricino, dopo aver parlato sottovoce con Mecenate, ordinò a tre dei suoi uomini di scortarli, per proteggerli dai banditi e per mantenere un collegamento fra i nostri due gruppi.

4.
Sacni

Sena Iulia ci sembrò un posto di frontiera, con tutti i traffici e le facili ricchezze che caratterizzano le città dei pionieri. Attorno all'antico villaggio dei Rasna, fatto di strade strette e buie che svolgevano anche la funzione di fogne, e di casupole in legno verniciato, erano sorti i quartieri moderni, di edifici in blocchi di tufo: cosí grandi, come noi non ne avevamo piú visti dopo essere usciti da Roma. In questa parte nuova della città c'erano (ci sono) i magazzini dei cereali e quelli dei materiali da costruzione; ci sono gli empori che vendono ogni genere di merci, agli abitanti del borgo ma anche ai pionieri delle fattorie sperdute tra i boschi; ci sono i palazzi dell'amministrazione e i condomini di quattro o cinque piani, dove abitano i funzionari del governo di Roma e gli altri forestieri venuti dalla capitale: i procacciatori d'affari, gli usurai, le «signore» che devono tenere compagnia agli uomini di passaggio... Le ville dei nuovi ricchi, invece, sono fuori città, nascoste nel verde, e sono uguali a tutte le ville di nuovi ricchi che si vedono nelle altre province d'Italia e nella stessa Roma: con il «Benvenuto» e l'«Attento al cane» sull'ingresso, e con le statue colorate dei Sileni e dei Satiri che inseguono, in giardino, le statue altrettanto colorate (e altrettanto nude) delle Ninfe. I nuovi ricchi, per quanto io ne so e ho avuto modo di conoscerli durante la mia vita, si assomigliano in ogni parte del mondo. Si ingioiellano e si profumano in modo eccessivo, gridano quando basterebbe parlare e si lamentano dei costumi di oggi che non sono piú quelli austeri di una volta, ma le loro case sono piene di sconcezze dipinte e scolpite: di dei che fottono, di donne e di uomini che fottono, di cazzi di tutte le misure e di tutte le fogge...

Ci fermammo una notte a Sena Iulia e poi proseguimmo attraverso i boschi verso una località chiamata Sacni (Santuario): dove, secondo le informazioni di Mecenate, erano stati ricostruiti i templi di Velthune e delle altre principali divinità etrusche, e dov'erano custoditi gli antichi Libri del Culto. Procedevamo con lentezza, su sentieri profondamente scavati dalle ruote dei carri, rischiando ogni pochi passi di restare fermi; quando poi il sole incominciò a scendere sotto l'orizzonte, ci adattammo a trascorrere la notte in casa di un contadino, perché su quel tratto di strada non c'erano locande. Ripartimmo all'alba del giorno successivo e dopo avere arrancato a lungo tra le colline, nelle prime ore del pomeriggio riuscimmo a scorgere i vapori delle acque termali che, a quell'epoca, erano la principale risorsa della città sacra dei Rasna. Continuando ad avvicinarci, vedemmo poi i tetti pieni di statue di tre grandi edifici che erano (ma noi, allora, non potevamo ancora saperlo) i templi di Velthune, di Northia e di Mantus; e incominciarono ad apparirci, tra i vapori, anche le prime case del borgo, dipinte con i colori dell'arcobaleno. Eravamo arrivati!

Ci inoltrammo fra le strade di Sacni con gli occhi dilatati dallo stupore, provando l'impressione di esserci persi nel tempo. («Timodemo, – mi disse Virgilio, – è proprio vero: valeva la pena di venire fin qui! Anche se non troveremo niente che ci aiuterà a svelare il mistero dei Rasna, e anche se non scopriremo le vere origini di Roma, avremo visto, comunque, qualcosa che non esiste in nessun'altra parte del mondo»). Eravamo in una stazione termale di cinquecento anni prima, frequentata da donne e da uomini vestiti secondo l'uso moderno ma anche con gli abiti tradizionali etruschi (le tebenne, i chitoni, le scarpe con le punte all'insú). Al centro dell'abitato c'era lo stabilimento delle Terme, che riempiva il cielo con i suoi vapori e sembrava fatto di tante piccole case unite una all'altra fino a formare un villaggio dentro al villaggio, per una circonferenza di dieci o dodici stadi. Un omettino piccolo e storpio, che era seduto accanto all'ingresso (un inserviente?), ci illustrò i prodigi delle acque di Sacni. Ogni giorno, ci disse, entravano in quello stabilimento molte persone che venivano da ogni parte dell'Etruria; e i medici-sacerdoti che erano lí, dopo averle visitate e dopo avere individuato le cause delle loro malattie, gli spiegavano cosa dovevano fare per ottenere i migliori risultati possibili. Tutti gli ammalati avevano la loro cura specifica. C'era, infatti, chi veniva a Sacni per cercare sollievo ai dolori delle ossa e chi ci veniva per curare un male della pelle, o per migliorare le funzioni dello stomaco o del fegato, dei reni o della vescica...

Mentre l'omino parlava, io lo osservavo e la sua faccia e il suo aspetto mi ricordavano qualcosa: un episodio, che però, per quanto mi sforzassi di portarlo alla luce, restava sepolto in fondo alla mia memoria... Era alto un po' meno di cinque spanne, e avrebbe anche potuto essere un bambino di dieci o di undici anni, se la pelle del suo viso non fosse stata piena di rughe e se i suoi capelli non fossero stati quasi tutti bianchi. Notai che aveva due gobbe: una sulla schiena e un'altra meno pronunciata nella parte anteriore del corpo, e tutt'a un tratto mi ricordai del dèmone della gobba. Come avevo potuto dimenticarmene? Quell'uomo era lo stesso che ci aveva attraversato la strada a Surina; o, se pure non era lui, doveva essere un suo fratello gemello, uno che gli assomigliava come una goccia d'acqua assomiglia a un'altra goccia d'acqua...

«Avete fatto bene a venire a Sacni, – ci stava dicendo l'omino. – Anche se non venerate i nostri stessi dei e non sapete niente di loro, e anche se la malattia che dovete curare è una di quelle che gli ignoranti chiamano incurabili. Le nostre acque guariscono i mali della milza, del fegato e dello stomaco; guariscono perfino le malattie invisibili come il malocchio, che consuma i corpi dall'interno e li fa perire, e l'impotenza degli uomini e la sterilità delle donne. Soltanto la vecchiaia non può essere vinta dalle acque di Sacni: che però servono a prolungarla e a farla diventare tollerabile, o addirittura gradevole».

Prendemmo alloggio nella locanda «del Convolvolo Azzurro». Il giorno successivo, Mecenate mandò il centurione Cuoricino al tempio di Velthune, perché parlasse con il sommo sacerdote e gli chiedesse di riceverci quello stesso pomeriggio, se la cosa era possibile... Mentre aspettavamo la risposta, ci spiegò che il sacerdote di Velthune è (era) la massima autorità religiosa degli Etruschi, e che al tempo della Lega tra le Dodici Città ne era stato anche il capo politico: una specie di re! Il suo potere era declinato insieme al culto del dio. Dopo che i Romani avevano invaso e assoggettato l'Etruria, disse Mecenate, quasi tutti i templi di Velthune erano stati dedicati a Giove «ottimo e massimo»; ma le antiche storie dei Rasna facevano parte della loro religione tradizionale, e l'uomo che le custodiva era sempre lui, il sommo sacerdote di Sacni. Lui solo, se voleva, avrebbe potuto rivelarci i segreti della religione etrusca; e avrebbe anche potuto dirci qualcosa di nuovo e di importante sull'origine di Roma... («Gli offriremo dei soldi: molti soldi, per il suo tempio o per lui personalmente. Quando l'avremo davanti vedremo cosa sarà meglio fare»). Purtroppo, però, Cuoricino tornò senza avere combinato nulla: perché il sacerdote di Velthune in quei giorni non era a Sacni, e perché comunque non avrebbe potuto incontrarci. Il suo segretario e aiutante, un certo Lars che aveva parlato con il nostro centurione e aveva anche accettato di seguirlo fino alla locanda «del Convolvolo Azzurro», ci spiegò che i segni in cielo erano tutti contrari alla nostra visita, e che sarebbero rimasti disposti in quel modo per parecchi giorni ancora. Se davvero eravamo venuti nella città sacra dei Rasna per conoscere il sommo sacerdote e per interrogarlo su questioni di grande importanza, come sosteneva Mecenate, dovevamo piegarci di buon grado alla volontà degli dei, e aspettare con pazienza che i loro segni cambiassero...

(Mecenate, che non era abituato ad aspettare e nemmeno ad avere pazienza, anche in quell'occasione cercò di far valere la sua autorità. Alzò la voce, e minacciò l'aiuto-sacerdote di mandarlo ai lavori forzati nelle miniere di ferro dell'isola d'Elba, se non ci avesse fatto incontrare il suo superiore entro due o, al massimo, tre giorni! Lars si limitò a chinare la testa in segno di sottomissione. «Sono nato per servire Velthune, – gli rispose, – e la mia vita è nelle sue mani. Qualunque cosa lui abbia deciso per me, io l'accetterò: anche se dovrò lavorare in una miniera di ferro, e anche se verrò ucciso per non averti ubbidito. Nessun uomo al mondo può costringermi ad andare contro la volontà del dio. Nessuno può sfidare Velthune, e nemmeno tu!»)

Fu cosí che incominciarono, per noi, i lunghi giorni della noia, delle passeggiate e dei litigi tra Mecenate e Tecmessa: che non sopportava l'idea di dover rimanere a Sacni, e voleva andarsene da quel posto, immediatamente! (Gridava che Mecenate aveva il dovere di farla riaccompagnare ad Arezzo, dove c'era sua sorella, o addirittura a Roma. Cosa ci stava a fare, una ragazza come lei, in una stazione termale frequentata esclusivamente da sciancati e da vecchi? Dov'erano i teatri, i balli, i banchetti, i giochi del circo: tutte le cose, insomma, che rendono la vita degna di essere vissuta? In quel villaggio tra i boschi c'era soltanto il passeggio serale sulla strada dei negozi, e anche lí non succedeva mai nulla!)

Perfino il clima, in quel luogo e in quei giorni, era monotono, senza neppure uno di quei temporali che, in Etruria, permettono ai sacerdoti-indovini (detti «aruspici») di prevedere il futuro osservando la direzione e l'intensità dei fulmini, e interpretando il fracasso dei tuoni. Ogni mattina, il sole sorgeva in un cielo azzurro, e ogni sera tramontava in un orizzonte di vapori infuocati che facevano prevedere un'altra giornata serena. Una noia invincibile pesava su tutto: sulle Terme, sul passeggio serale, sui tramonti e, naturalmente, anche su di noi. Dormivamo, andavamo a spasso e parlavamo. Che altro potevamo fare?

Visitammo i templi di Sacni. Il tempio di Velthune, dio della vita e delle trasformazioni, all'esterno era dipinto in rosso con le parti in rilievo bianche, e si affacciava su un grande piazzale dove si svolgevano le cerimonie pubbliche e si faceva il mercato. Davanti all'ingresso, c'erano tracce recenti di sangue: segno che l'antica religione aveva ancora i suoi devoti, per lo meno lí, e che Velthune riceveva ancora il suo tributo di vittime. L'interno dell'edificio era in penombra, ed era vuoto; ma le pareti del salone centrale, e anche quelle delle sale laterali, erano ricoperte da centinaia di piccole sculture in terracotta che io, Timodemo, vedevo per la prima volta in quel luogo: gli ex voto! C'erano file di gambe e di braccia appese ai muri, come una messe mostruosa che dovesse ancora finire di maturare; c'erano cuori, milze, uteri e fegati a centinaia; c'era un'intera parete gonfia di mammelle, e un'altra parete irta di nasi e di orecchie. I genitali erano piú in basso ed erano soprattutto maschili, atteggiati in un certo modo che testimoniava la grazia avvenuta. Una falange di cazzi! Tecmessa, che quel giorno era ancora insieme a noi, si rivolse a due donne etrusche che le stavano accanto e che si guardavano attorno con gli occhi spalancati per lo stupore. «Voglio fare anch'io un voto a Velthune, – disse ad alta voce, perché potessimo sentirla. – Gli dedicherò un arnese di questi, bello dritto, se Mecenate si deciderà a portarmi via da questo villaggio, e se tornerà ad amarmi con lo stesso slancio dei primi giorni, quando ci siamo conosciuti a Roma in casa di Arrunzio». (Che era un impresario teatrale di quell'epoca, famoso per il lusso delle sue feste e per la bellezza delle donne di cui era solito circondarsi).

Mecenate fece finta di non avere sentito. In quanto alle donne, continuarono a indicarsi gli ex voto e a ripetere tra loro le stesse parole, che io non capivo e che però, a giudicare dai gesti che le accompagnavano, dovevano significare: «Guarda! Guarda!»

«Guarda quei piedi! Guarda quei nasi! Come sono belli!» (Oppure: «Come sono grossi! Come sono realistici!»)

A poca distanza dal tempio di Velthune, sul limitare della foresta, c'era il tempio di Northia: tutto azzurro, con le colonne e le parti in rilievo dipinte nello stesso colore rosa-viola dei colchici che fiorivano numerosissimi nei prati lí attorno, e che sono il fiore sacro a quella divinità.

«Northia, – ci disse l'aiuto-sacerdote Lars, che si era offerto di farci da guida in quelle visite, – è la personificazione del tempo, e come Velthune non ha sesso; ma gli artisti, di solito, la rappresentano in forme femminili».

All'interno dell'edificio c'erano tre grandi statue di pietra, di tre donne sedute e intente a filare. La prima donna stringeva nella mano sinistra un fuso, e con l'altra mano faceva il gesto di attorcigliare un filo invisibile; la seconda misurava il filo a spanne; la terza, infine, brandiva un paio di forbici per tagliarlo. Piú avanti, una contadina di marmo sollevava e strozzava un'oca. Era quella, Northia? Mi voltai per chiederlo a Lars e vidi, sulla mia destra, la parete dei chiodi, di cui avevo già sentito parlare dai miei compagni di viaggio. Rimasi incantato a guardarla. Tutta la storia dei Rasna era riassunta in quel muro, e in quei pezzettini di ferro conficcati in lunghe file orizzontali e verticali, alla stessa distanza gli uni dagli altri... Migliaia di donne e di uomini erano vissuti ed erano morti tra quei chiodi, e, prima di morire, avevano trasmesso la loro vita a un numero quasi infinito di altri uomini e di altre donne. Erano sorte città destinate a diventare famose, e tra esse Roma; la civiltà degli Etruschi aveva raggiunto il suo massimo splendore, finché era declinata...

«Da settecento e piú primavere, – disse Lars, rispondendo a una domanda di Mecenate, – ogni volta che nel nostro paese la natura accenna a svegliarsi, i sacerdoti di Northia, con grande seguito di fedeli, vengono a piantare nel muro il sacro chiodo: che simboleggia un nuovo anno di vita del popolo etrusco. Purtroppo, nel corso dei secoli, il tempio della divinità è stato distrutto e ricostruito in luoghi diversi; ma le misure del muro e le distanze tra un chiodo e l'altro sono ancora quelle stabilite da Northia all'origine del tempo, perché devono corrispondere alla durata complessiva della nostra nazione. Tutti i chiodi sono stati rimessi dov'erano, e non c'è quasi piú posto per aggiungerne altri». Ci indicò l'angolo in fondo a sinistra, dove c'era ancora un piccolo spazio vuoto: «Ecco, vedete? L'epoca dei Rasna, ormai, è praticamente conclusa».

Il tempio di Mantus, dio-dea della morte e dell'Oltretomba, era dipinto di nero e di giallo ed era il piú lontano dalle strade e dalle case di Sacni. Per arrivarci, bisognava proseguire su un sentiero in terra battuta che si inoltrava nella foresta di castagni e di querce; ma, una volta giunti davanti all'edificio, ci si doveva accontentare di guardarlo da fuori, perché le porte di bronzo erano sempre chiuse, e non c'era nessuno che potesse aprirle. (L'unico che possedeva la chiave, ci fu detto, era il sacerdote di Velthune). Nessun vivo abitava nella casa dei morti, nemmeno un custode; e chi arrivava fin lí seguendo il sentiero tra gli alberi, quando si guardava attorno provava una sensazione strana e sgradevole, una sorta di angoscia che gli avrebbe comunque impedito di fermarsi a lungo in quel posto. Il giardino davanti al tempio era ben tenuto, con l'erba tagliata di fresco e i fiori dei melograni che facevano spicco tra il verde chiaro delle foglie; ma non si vedeva nemmeno l'ombra di un giardiniere, e non si sentiva cantare nemmeno un uccello...

Il silenzio era impressionante. «Il tempio di Mantus, – ci spiegò l'aiuto-sacerdote Lars mentre guardavamo le maschere scolpite del portale, – viene aperto di rado e non viene mai aperto al pubblico. Ci entrano e ci rimangono per poche ore, dopo che sono morti, gli uomini e le donne che hanno fatto grandi cose per il nostro popolo; e ci sono entrati, da vivi, pochi eletti, a cui Velthune e Northia avevano concesso il privilegio di viaggiare nel tempo...»

Girammo attorno all'edificio e la nostra guida si fermò

per indicarci qualcosa che non sapevamo cosa fosse e che, a giudicare dalla direzione del suo braccio, doveva trovarsi sotto i nostri piedi: forse, in un sotterraneo del tempio...

«Laggiú, – disse Lars abbassando la voce come se avesse avuto timore che qualcun altro, oltre a noi, potesse ascoltarlo, – sono conservate le storie dei Rasna. Quelle storie che i Romani e i Greci conservano nei libri, noi non abbiamo bisogno di scriverle perché le conosciamo già tutte e le conosciamo ancora prima che accadano. Il nostro passato e il nostro futuro sono qui, sotto il tempio di Mantus».

Dopo quasi due settimane che eravamo a Sacni, i soldati che avevano scortato Tanai ad Arezzo ci portarono notizie dei nostri amici. L'ammalato, dissero, stava meglio: non aveva ancora lasciato il letto e non camminava, ma aveva ripreso a mangiare e passava le sue giornate giocando a dadi e a ladruncoli (che è una specie di gioco degli scacchi) con i servitori della casa. In quanto a Ninfa e a Sarmento, si erano insediati nel palazzo dei Cilnii come se ne fossero stati i veri padroni: banchettavano sui tavoli dei re etruschi e fottevano nei loro letti, ma l'amore (si fa per dire!) di Sarmento per Ninfa, non gli impediva di mostrarsi ogni sera sulla via del passeggio con indosso i vestiti del suo protettore ed ex padrone, per corteggiare tutte le ragazze che incontrava per strada...

Mecenate rise fino alle lacrime: «Quel porco! Prima o poi dovrà rendermi conto dei suoi comportamenti, e vorrò proprio sentire come si giustifica!»

Noi tre, invece, eravamo rimasti soli, perché Tecmessa era andata a vivere con uno sconosciuto: un attore girovago, che le aveva raccontato di essere un nobile in esilio e un perseguitato politico, e di avere palazzi e servitori chissà dove, nel Regno di Fandonia o nei suoi immediati dintorni... Quel tale (che probabilmente era uno schiavo fuggiasco), si faceva chiamare con un nome d'arte: «il Grande Runes», e si esibiva in strada o alle Terme, davanti agli ammalati venuti da ogni parte dell'Etruria per curarsi con le acque del dio Velthune. Riusciva a incantare il suo pubblico di storpi e di vecchi facendo apparire e sparire piccoli oggetti, raccontando qualche barzelletta e poi, quando proprio si sentiva ispirato, recitando il monologo di Archelao nel *Pancraziaste*, o quello ancora piú celebre di Muzio Scevola nel *Salvatore della patria*... Gli applausi, di solito, non mancavano; e insieme agli applausi piovevano sul selciato le monetine che il Grande Runes provvedeva a raccogliere personalmente, correndo in qua e in là e profondendosi in inchini: «Grazie! Grazie!»

La nostra ballerina, dunque, incominciò a mostrarsi in pubblico a fianco del suo saltimbanco, con l'abito di scena che lasciava trasparire la sua nudità; e la cosa non passò inosservata. («Finalmente, – dicevano i frequentatori delle Terme, – anche in questo borgo tra i boschi è arrivato qualche divertimento, dopo tanta noia!») Tutti parlavano con entusiasmo della ragazza venuta da Roma per rendere piú gradevole il soggiorno agli ammalati di Sacni; e lei, quando camminava per strada, era altera come una dea dell'Olimpo, e aveva sempre intorno a sé un nugolo di spasimanti vecchi e zoppi, ognuno dei quali cercava di attirare sulla sua persona l'attenzione della dea. Si era trasferita in una locanda poco lontana dalla nostra, la locanda «del Gambero Rosso», e ci abitava insieme al suo attore girovago; ma io non credo che si fosse davvero invaghita di quel tale, e che pensasse di seguirlo nella sua vita randagia. Credo invece che volesse punire Mecenate per averla portata a Sacni; e che volesse ingelosirlo, come fanno le donne quando si sentono trascurate, per costringerlo a occuparsi nuovamente di lei e a tornare a Roma.

Tutto ciò che succedeva in quei giorni nella città-santuario dei Rasna, succedeva per volontà di Velthune; ma noi, allora, non ce ne rendevamo conto, perché il dio aveva steso un velo sopra i nostri occhi e aveva addormentato i nostri pensieri. Vivevamo come trasognati, in un tempo che non era piú il nostro...

Ricordo che una mattina entrammo nella casa delle sacerdotesse di Turan, la dea etrusca dell'amore, e che Mecenate e Lars discutevano tra di loro, in modo piuttosto animato. Mecenate, parlando ad alta voce e col tono di chi non ammette repliche, diceva che quell'edificio doveva essere per forza un bordello, e che lui era entrato per vedere le puttane. Anche ad Arezzo, sosteneva, e anche nelle altre città etrusche le case di Turan sono, da sempre, i luoghi dove le donne si vendono per denaro, senza formalità di tipo religioso e senza tante storie! Lars, invece, lo pregava di abbassare la voce e di mostrare rispetto per la presenza della dea. «Le sacerdotesse di Turan, – cercava di spiegargli, – non sono prostitute. Non lo erano nei secoli scorsi, quando le nostre Dodici Città guardavano Roma dall'alto delle loro mura e della loro potenza; e non lo sono nemmeno oggi, per lo meno qui a Sacni. Vengono scelte tra le famiglie piú antiche del nostro popolo. È vero che imparano fin da bambine l'arte di piacere agli uomini; ma non venderebbero il loro corpo per denaro, come dici tu, e non accetterebbero di concedersi a una persona dell'altro sesso, soltanto per soddisfare un suo capriccio momentaneo. Sono delle vere sacerdotesse. Tra i loro compiti, c'è quello di iniziare all'amore chi ancora ne è inconsapevole, e di restituire la virilità a chi ne è stato privato da un maleficio. Donano un poco della loro bellezza al guerriero che va ad affrontare i nemici in battaglia, oppure all'uomo che è rimasto vedovo e che non è ancora riuscito a trovarsi una nuova moglie...»

Improvvisamente, mentre Lars ci stava parlando, apparvero due giovani donne vestite o, meglio: fasciate, con l'abito rosso delle sacerdotesse della dea, che attraversarono il vestibolo senza fare caso alla nostra presenza, e sparirono dietro a una cortina di tende. Tutt'e due quelle donne erano cosí belle da togliere il fiato; noi, però, ne vedemmo una sola, e pensammo che Turan in persona avesse deciso di mostrarsi ai nostri occhi di uomini mortali, in quel luogo e con l'aspetto di quella sacerdotessa. Soltanto dopo che l'apparizione si fu dileguata, venimmo a sapere dal nostro accompagnatore che colei che avevamo creduto essere una dea in realtà si chiamava Velia, e che era la figlia del sommo sacerdote di Velthune, consacrata a Turan fino dall'infanzia. Gli antichi dei dell'Etruria le avevano suggerito di uscire dal suo appartamento e di mostrarsi nell'atrio mentre noi eravamo là, perché Mecenate potesse vederla e innamorarsi di lei, come poi effettivamente avvenne; ma questo, allora, nemmeno Lars lo sapeva, e nessuno ce lo disse.

(Sto ragionando come un etrusco. Forse, sono diventato io stesso un etrusco. Io, Timodemo, credo di poter dire con assoluta certezza che il caso non esiste, e che tutto ciò che accade nel mondo è guidato da una sorta di necessità che lo rende inevitabile e quindi prevedibile. Ogni avvenimento, da quelli apparentemente insignificanti come la caduta di una foglia o la morte di un passero, a quelli che cambiano il paesaggio di un'intera regione o il destino di un popolo, si colloca in una catena infinita di eventi, e deve essere messo in rapporto con tutto quello che lo precede e lo segue. Perciò, anche, sono convinto che le cose accadute a Sacni durante il nostro soggiorno, fossero già state previste dalla scienza dei Rasna; e che noi tutti stessimo recitando una parte in una storia, che era incominciata con l'inizio del mondo… I personaggi piú illustri della nostra storia, naturalmente, erano Mecenate e Virgilio; ma anche Tecmessa e anche Velia avevano dei ruoli molto importanti; e, forse, il vero protagonista era l'uomo che ora la sta raccontando… Sono io!

No, non sono diventato pazzo. Per il mio carattere, e per il modo in cui mi è toccato crescere, mi sono sempre sentito piuttosto ai margini che al centro delle cose del mondo: un fuscello in balia del destino, una piuma al vento… Ma, dopo essere ritornato dal paese dei Rasna, mi è capitato spesso di riflettere sul ruolo che ho avuto e che continuo ad avere, del tutto involontariamente, nelle estreme vicende di quel popolo. E mi sono persuaso che Velthune ha mandato Virgilio a comperarmi tra gli schiavi del mercato di Napoli, perché potessi accompagnare lui e Mecenate nel loro viaggio in Etruria; e che mia madre Pasitea ha fatto la puttana in Argolide, per concepire e per mettere al mondo un bambino, Timodemo, a cui gli dei di una nazione che stava naufragando nel tempo avevano riservato il privilegio di essere il loro ultimo e unico testimone).

Per volontà di Velthune (l'ho già detto) Mecenate si innamorò perdutamente di Velia; e mentre racconto questa storia, mi rendo conto di quanto può sembrare strano e anche poco credibile che un uomo come lui, con tutte, o quasi tutte, le donne del mondo ai suoi piedi, si mettesse a spasimare per una sacerdotessa, come un ragazzino ai suoi primi turbamenti amorosi. Ma Velthune e Turan avevano deciso che le cose andassero in quel modo, e le cose andarono come loro vollero. Devo anche aggiungere che, per ottenere un risultato cosí straordinario, i due dei avevano scelto una persona altrettanto straordinaria. Me ne accorgo mentre cerco di descriverla, e non trovo le parole adatte. Cosa posso dire di Velia? Definirla «bella» o anche «bellissima» non è sufficiente a renderle giustizia. Anche Tecmessa e anche Ninfa, all'epoca del nostro viaggio nel paese dei Rasna, avevano corpi dalle forme quasi perfette; anche loro, quando sorridevano, potevano esibire labbra rosse e carnose e denti candidi, e avevano ciglia lunghe che si aprivano e si chiudevano sui loro sguardi come ali di farfalla. Di donne belle, nel mondo, ce ne sono sempre state tante. Velia, però, oltre ad avere tutte le perfezioni di cui si è parlato, era l'immagine stessa della sensualità; e questa è una cosa che si verifica molto piú raramente. I movimenti del suo corpo e del suo viso, la sua voce, la sua sola presenza comunicavano a chi le stava vicino un turbamento che le parole non bastano a esprimere. Se ti sorrideva, eri in suo potere; e lei, invece, restava lontana e imprendibile, anche se il suo sguardo si posava su di te come per accarezzarti, e anche se le sue parole ti lasciavano intendere che tu solo esistevi, in quel momento, per lei! «Quella donna mi affascina e nello stesso tempo mi spaventa, – diceva Virgilio. – È come un'immagine riflessa in un pozzo. Sembra lí, a portata di mano, ma per arrivare a toccarla bisogna attraversare il Regno dei Morti. Chi la possiede, possiede un fantasma... Come fa, Mecenate, a non essersene accorto?»

«Credo che l'antica Elena, la donna per cui si combatté sotto le mura di Troia, e per cui migliaia di uomini sacrificarono le loro vite, fosse come lei!»

Andavamo a trovare Velia quasi ogni giorno, dopo il pranzo e dopo il breve riposo del pomeriggio. A quell'ora, nell'atrio della casa-tempio delle sacerdotesse di Turan, c'erano i ragazzi venuti a offrire il loro primo tributo alla dea, che si comportavano in modo aggressivo e volgare; e c'erano gli anziani che, invece, si tenevano in disparte, perché si vergognavano di farsi vedere lí. Quando finalmente venivamo ammessi nel salotto della sacerdotessa, lei arrivava dopo qualche istante rassettandosi i capelli o passandosi la mano sul collo, per cancellare il segno di un bacio un po' troppo violento. Ogni volta sembrava sorpresa: «Ancora voi!» Poi, però, cambiava espressione e ci diceva di sederci, col tono gentile di una buona padrona di casa. Si informava della nostra permanenza a Sacni. Perché non ne approfittavamo, ci chiedeva, per curarci con le acque, come facevano tutti quelli che venivano nella città sacra dei Rasna, o per frequentare la scuola degli allievi sacerdoti? (In quella scuola, ci spiegava, avremmo potuto impadronirci di alcune cognizioni che si trasmettevano solo lí: per esempio, avremmo potuto imparare a scoprire i tesori nascosti, o a prevedere il futuro). Anche se non aveva mai viaggiato fuori dell'Etruria, Velia conosceva alcune opere del nostro repertorio classico; e, nei giorni in cui la dea non le permetteva di esercitare il suo ministero, cantò, accompagnandosi con una cetra, alcune arie della *Donna di Sezze* di Titinio e del *Giudizio delle armi* di Pacuvio. Cantò anche, in duetto con Mecenate, il celebre lamento dello *Smemorato*: che è considerato dagli esperti di quel genere di rappresentazioni un pezzo difficile, per pantomimi dotati di notevole talento. Virgilio e io ne eravamo incantati. In quanto a Mecenate, credo che fosse, nello stesso tempo, l'uomo piú felice del mondo e quello piú infelice. Avrebbe voluto sbalordire Velia con la dimostrazione della sua potenza, abbagliarla e conquistarla con i suoi regali: ma gli unici potenti, a Sacni, erano gli dei, e le botteghe sulla via del passeggio non vendevano niente di veramente prezioso. Lei cercava di consolarlo. «Mio povero amico, – gli diceva, – non crucciarti! Il mio corpo, lo sai bene, appartiene alla divinità, e io ogni giorno devo giacere con degli uomini che attraverso me arrivano a unirsi con Turan; ma nessuno di quegli uomini ha mai avuto Velia, e nessuno mai potrà averla, qualsiasi cosa faccia! Vorrei che tu te ne convincessi, una buona volta, e che accettassi da me l'unica cosa che posso darti, cioè la mia amicizia».

Ogni volta che parlavamo con Velia, Mecenate le chiedeva notizie di suo padre, il sacerdote di Velthune: come stava? E, soprattutto: dov'era? Come si faceva a incontrarlo? Si era convinto, e una sera, a cena, si lasciò sfuggire questa confidenza con Virgilio e con me, che pagando una grossa somma di denaro a qualcuno («Con i soldi, oggi, si può comperare tutto. Anche gli dei») avrebbe liberato la sacerdotessa di Turan dagli obblighi che i suoi genitori avevano assunto a suo nome, quando l'avevano consacrata al servizio della divinità. Voleva incontrare il padre di Velia, al piú presto possibile e non soltanto per interrogarlo sulla storia dei Rasna e sulle origini di Roma, come avevamo progettato di fare all'inizio del viaggio. Queste cose, ormai, erano passate in second'ordine, rispetto al suo amore! Voleva offrirgli un mucchio di soldi: mezzo milione di sesterzi, o addirittura un milione, perché provvedesse a placare l'ira (prevedibile) di Turan, per la perdita della piú bella e della piú brava tra le sue sacerdotesse. Non era forse lui, il sacerdote di Velthune, l'unico uomo al mondo che poteva legare e sciogliere tutti i nodi della religione etrusca? Quella sera stavamo bevendo un vino greco, che dava alla testa; e il nostro amico, pur non essendo ubriaco (non ho mai visto Mecenate perdere completamente il controllo di sé), era certamente un po' euforico. Gridò:

«Nessuno può rifiutare un milione di sesterzi! Nemmeno un sommo sacerdote! Nemmeno una dea!»

«Il vero problema, – aggiunse poi abbassando la voce,

– quando avrò portato Velia a Roma, sarà tenerla nascosta a Ottaviano. Io lo conosco, e conosco i suoi gusti. Se la vede, è capace di fare qualsiasi pazzia per averla; e nessuno e niente potrà fermarlo. Sua moglie Livia Drusilla sarà anzi la prima vittima di quella situazione, perché lui la ripudierà. Anche la nostra amicizia, in una faccenda come questa, non conterà nulla. Ottaviano non è uomo da indietreggiare di fronte all'amicizia, se vuole una donna! Ma i problemi bisogna affrontarli uno per volta, senza pretendere di risolverli tutti insieme; e il mio primo problema, adesso, è quello di liberare Velia dalla servitú della dea. Poi, durante il viaggio di ritorno, penserò anche a Ottaviano. Troverò il modo di tenergli nascosta la mia nuova amante...»

Virgilio e io continuavamo ad annoiarci. A differenza di Mecenate, noi non avevamo nel petto il sacro fuoco dell'amore; e il nostro tempo scorreva piú lentamente del suo. Ogni sera, nella locanda «del Convolvolo Azzurro», ci rimpinzavamo di carne di cinghiale o di lepre preparata con certi intingoli che avrebbero resuscitato un morto; ma nemmeno il cibo ci dava gioia. Quando eravamo sazi, salivamo nelle nostre camere insieme all'una o all'altra delle ragazze della locanda; e poi, dopo che anche quelle se ne erano andate, restavamo ad ascoltare l'urlio che saliva dal piano di sotto, degli uomini che giocavano a morra o a dadi: «Thu, zal, ci, tuth, mach, sa!» («Uno, due, tre, quattro, cinque, sei!») Pensavamo che non ci fosse piú nessuna ragione di rimanere a Sacni, e che il nostro viaggio potesse considerarsi concluso. Ne ricordavamo i momenti piú significativi. Eravamo partiti da Roma tanto tempo prima (in realtà, erano passati poco piú di due mesi, ma ci sembrava di essere in quel posto da un secolo), come un'allegra compagnia di buontemponi, alla ricerca di qualcosa che non esisteva piú da nessuna parte, e che certamente non avremmo trovato in Etruria... Avevamo fatto festa a Sutri, «da Marcello», e poi ci eravamo dati buon tempo nei posti dove avevamo passato le notti, mangiando a crepapelle e portandoci a letto le serve. Non ci eravamo impressionati piú del necessario davanti alle devastazioni delle guerre civili, e agli spettacoli di miseria e di morte che ci era capitato di incontrare lungo la via Cassia. Ad Arezzo, però, la Fortuna ci aveva voltato le spalle. Mecenate aveva voluto vendicarsi dei suoi amministratori infedeli, uccidendone uno con la spada e facendo sbranare l'altro da un cane feroce; e i Geni di quei due disgraziati dovevano avere incominciato a perseguitarci, perché, da allora, non ci era andato piú bene niente. La compagnia si era divisa. Noi tre: Mecenate, Virgilio e io, avevamo raggiunto la città sacra dei Rasna, che era la meta del nostro viaggio; ma non avevamo trovato l'uomo che dovevamo incontrare, cioè il sacerdote di Velthune, e, per ciò che ne sapevamo, non potevamo nemmeno essere sicuri della sua esistenza. Una storia a sé, poi, era quella della mima Tecmessa, che si era illusa di far ingelosire Mecenate andando a vivere con un attore girovago, nella locanda piú malfamata di Sacni. (Mecenate, invece, si era dimenticato di lei, completamente e definitivamente). Una volta al giorno, o anche due volte, Tecmessa e il suo nuovo compagno si esibivano davanti al loro pubblico di sciancati e di vecchi: lui faceva i suoi giochi di destrezza e recitava i suoi monologhi, lei danzava e si toglieva gli abiti di scena, fino all'ultimo velo...

Bisognava spezzare l'incantesimo che ci teneva prigionieri in quel posto. Dicevamo: «Dobbiamo convincere Mecenate a tornare a Roma, con o senza la sua sacerdotessa... Non abbiamo piú niente da fare, in questo villaggio tra i boschi. I nostri soldati e i nostri vetturini sono stanchi di aspettare; e anche noi siamo stanchi!»

Una mattina, accadde finalmente qualcosa di nuovo. L'aiuto-sacerdote Lars venne a portarci la notizia che i segnali degli dei, in cielo, stavano cambiando in nostro favore, e che il sacerdote di Velthune ci avrebbe incontrati entro pochi giorni. Nel frattempo, per ripagarci dell'attesa, ci veniva data la possibilità di visitare l'interno del tempio di Mantus e di scendere nei suoi sotterranei: un privilegio straordinario, che prima d'allora era stato concesso solamente a pochi uomini, e mai a degli stranieri!

«Questa notte, un'ora dopo il tramonto del sole, – ci

disse l'aiuto-sacerdote, – le porte del tempio di Mantus saranno aperte esclusivamente per voi. Scenderete nel pozzo dei misteri e viaggerete nel tempo. Io non so altro, perché non sono mai stato laggiú e, forse, non mi verrà mai consentito di andarci».

5.
I Rasna

Eravamo nel mese di giugno, in quei giorni che seguono alle idi: quando i tramonti sono lunghissimi e le ore della notte, invece, sono le piú brevi dell'anno. Nella foresta che circonda il villaggio di Sacni, un'ora dopo il crepuscolo, si poteva ancora camminare senza bisogno di lanterne, seguendo il chiarore del sentiero tra le masse scure degli alberi. Le porte del tempio di Mantus erano socchiuse. Le spingemmo, e ci accorgemmo che l'interno dell'edificio era illuminato, ma poco: alcune lucerne a olio, appoggiate per terra, facevano intravvedere nella penombra una folla di mostri di pietra, che erano i custodi dell'Oltretomba dei Rasna. C'erano delle misteriose correnti d'aria in quel luogo, e io sentii la pelle che mi si gelava, non so se per lo spavento o per il freddo. Gridai: «C'è nessuno qua dentro?»; ma mi rispose soltanto l'eco della mia voce fra le travi del soffitto.

Mecenate sguainò la spada. Procedendo con gli occhi dilatati per il buio e anche (perché non ammetterlo?) per la paura, ci inoltrammo tra i démoni che, da secoli, turbavano i sonni del popolo etrusco. Riconoscemmo tra gli altri Charun, il traghettatore delle anime nel Regno dei Morti; il dio Aita dalla testa di lupo; il dio-cadavere Tuchulcha con il becco d'avvoltoio e i capelli di serpi; il dio del trapasso Vauth con le grandi ali spiegate. Attorno a noi, c'erano soltanto ombre e mostri di pietra. Poi, però, vedemmo crescere un chiarore sulla nostra destra. Andammo in quella direzione e ci trovammo davanti a un pozzo di luce, con una scala stretta e ripida che scendeva in un sotterraneo luminosissimo. Era quello il luogo di cui ci aveva parlato l'aiuto-sacerdote Lars, dov'erano conservate tutte le storie dei Rasna? Sentimmo, da una grande distanza, una voce di donna che ci chiamava per nome: «Mecenate, Virgilio, Timodemo, dove siete? Vi stiamo aspettando!»

Io discesi per primo, ma mi tremavano le gambe. Nel sotterraneo, due grandi bracieri di bronzo spandevano uno strano profumo, che inebriava e stordiva nello stesso tempo; e la luce prodotta da centinaia di candele era cosí forte da lasciarci abbagliati. Quando finalmente i miei occhi si furono riabituati alla luce, vidi la persona o, per meglio dire: il Mostro, che ci aveva chiamati parlando di sé stesso al plurale. Era un essere doppio, un uomo-donna con due volti e quattro braccia, sopra due gambe apparentemente normali. Il volto che il Mostro ci stava rivolgendo in quel momento era un volto femminile, e le sue mani, due su quattro, ci indicavano un tavolo apparecchiato per un banchetto funebre, con vini e cibi dall'aspetto invitante. Uno di noi (forse Virgilio, o forse io) chiese chi fosse il defunto. «Siete voi che state per morire, – ci rispose la parte femminile del Mostro continuando a sorriderci, – ma la vostra morte non sarà una vera morte. Non abbiate paura! Se anche doveste rimanere mille anni laggiú dove andrete, alla fine vi ritroverete qui, in questo sotterraneo, e sarà l'alba di domani mattina».

Non so perché, ma le parole del Mostro ci resero allegri. Dovevamo morire per poi rinascere: una cosa da nulla! Ci sdraiammo sui divani e incominciammo a raccontarci vecchie storie di banchetti e di donne, che non avevano nessuna relazione con il luogo dove eravamo e che però, chissà poi perché, in quel momento ci sembravano importantissime, e anche molto divertenti. Assaggiammo un pasticcio di carne dal sapore squisito e bevemmo un vino color viola scuro, quasi nero, che ci rese ancora piú spensierati e piú pazzi. Ci comportammo, ora che ci ripenso, come se fossimo stati completamente ubriachi. Il Mostro bifronte era rimasto davanti a noi, in piedi al centro del triclinio, ma noi ci ricordammo della sua presenza soltanto quando una voce che fino a quel momento non avevamo ancora sentito (una voce d'uomo) ci chiese cosa volevamo conoscere della storia dei Rasna: il passato, oppure il futuro?

Quella domanda ci fece lo stesso effetto che ci avrebbe fatto un secchio di acqua fredda, se qualcuno ce lo avesse rovesciato addosso. Spalancammo gli occhi, smarriti. Il Mostro, ora, ci rivolgeva il suo viso maschile e non sorrideva piú; e Virgilio balbettò che non potevamo scegliere tra due cose ugualmente interessanti. Volevamo vedere tutto!

«Questo, – rispose il Mostro, – è un privilegio degli dei. Voi uomini potete esistere in una sola dimensione del tempo, ma vi avverto: il futuro dei Rasna è quasi finito».

«Siamo qui per conoscere le origini di Roma, – disse Mecenate. – Fateci vedere il passato».

Allora il Mostro, continuando a fissarci con la sua espressione severa, si tolse dalla manica qualcosa che assomigliava a un grano d'ambra e andò a metterlo nel braciere alla nostra sinistra, che era (credo) quello in cui si materializzava il passato. Cosa poi sia successo, io non sono in grado di dirlo. So soltanto che mi trovai in una spiaggia piena di dune, e che non stavo sognando perché mi chinai a raccogliere la sabbia ed era vera sabbia; mi pizzicai una guancia e provai un dolore tanto piú forte, quanto piú stringevo le dita. Mecenate e Virgilio erano scomparsi. Quando spuntarono all'orizzonte alcune vele colorate le contai, ridendo e saltando per la gioia. (Ero diventato pazzo?) Pensai che anche la squadra di Vanal ce l'aveva fatta a scampare alla tempesta scatenata dagli dei di quei luoghi, per tenerci lontani dalla loro terra. Nessuno me l'aveva detto, ma il mio cervello e ogni fibra del mio corpo sapevano che su quelle navi c'erano i Lidi: la mia gente, venuti come me dalla Troade! Avrei potuto elencare tutti i loro nomi, senza dimenticarne nemmeno uno; e, naturalmente, avrei potuto raccontare le loro storie, che erano anche le mie storie. Ricordavo di avere conosciuto i loro padri prima che venissero uccisi, e le loro madri e le loro spose prima che i Greci le trascinassero con sé, per venderle come schiave sui mercati dell'Ellade. Il mare, poi, ci aveva tenuti divisi per mesi e per anni; ma ora, forse, i nostri dei si erano decisi a riunirci. Vidi le navi che si dirigevano verso un'insenatura: le seguii, e arrivai nel momento in cui i primi uomini si calavano in acqua. Gli feci un segnale da lontano perché mi riconoscessero. Mentre li abbracciavo, mi chiesi se avevamo interpretato correttamente i messaggi degli dei, e se davvero la nostra nuova patria era quella terra che avevamo davanti, irta di boschi e abitata soltanto, per ciò che se ne sapeva, da animali selvatici e da uomini selvatici. Già cinque volte, in passato, avevamo buttato l'ancora in altrettanti paesi dove avremmo voluto fermarci; ma, dovunque ci aveva preceduti la fama della nostra sconfitta, gli abitanti del mondo civile ci avevano respinti...

«Mi chiamo Vanal figlio di Sektor. Sono stato uno dei guerrieri piú valorosi nella guerra che si è combattuta intorno alla città di Troia, e che noi Lidi abbiamo perso soltanto perché gli dei ci erano sfavorevoli. Ho attraversato il mare e non so piú dove sono. Non ho patria, ma so che questa terra senza nome dove siamo sbarcati sarà la patria dei miei figli e dei figli dei miei figli, finché il sole tornerà a sorgere dietro a quelle montagne, e finché le onde del mare andranno a rompersi contro quelle dune, dove ho tirato in secco le mie navi prima di bruciarle. So che mi aspetta un compito difficile. Devo liberare questa regione dagli uomini selvatici che ora la abitano e che io chiamo maiali a due zampe, perché la loro lingua assomiglia piú al grugnito di un porco che al modo di esprimersi di un essere umano. Cammino verso oriente con i miei quattro fratelli: Kapys, Sokol, Herax e Sethre, e ammazzo tutti i maiali maschi che incontro sulla mia strada. Non so dire quanti ne ho scannati finora, perché io riesco a contare soltanto le dita della mia mano: sicuramente, piú di cinque volte cinque. I maiali assomigliano nell'aspetto agli uomini, ma non sanno esprimersi come gli uomini e non sanno nemmeno vestirsi. Non conoscono le scarpe. Per proteggersi i piedi, li avvolgono fin sopra le caviglie con delle fasce di tela grezza; e poi, usano quella stessa tela per confezionarsi delle tuniche, o meglio dei sacchi, che gli coprono le vergogne e li riparano dal freddo. Se fossero dei veri uomini, come noi, porterebbero ai piedi dei calzari di cuoio, e le loro tuniche avrebbero gli stessi bordi colorati che hanno le nostre...

Ammazzare i maiali, finora, è stato abbastanza facile. Noi cinque fratelli che stiamo camminando verso oriente, da quando siamo sbarcati abbiamo ammazzato tanti maiali maschi quanti basterebbero per riempire un villaggio, e poi abbiamo nascosto i loro corpi tra i cespugli o nei fossi, perché i loro simili non potessero trovarli e dare l'allarme. Naturalmente, non gli abbiamo permesso di combattere. Li abbiamo sgozzati mentre lavoravano nei campi, o mentre tagliavano la legna, o mentre conducevano per strada un asino carico di fascine. Morivano senza capire perché, e, a volte, senza nemmeno rendersi conto che stavano morendo. Poi siamo entrati nelle loro case e abbiamo ammazzato anche i loro piccoli e anche i loro vecchi, davanti alle femmine che scappavano terrorizzate o che cercavano di difendere i piccoli. Glieli abbiamo tolti di mano e li abbiamo scannati, ma alle femmine non abbiamo fatto niente di male perché ormai appartengono a noi: sono le nostre femmine, che ci permetteranno di ricostruire il nostro popolo in questa terra selvaggia. Loro credono che siamo dei pirati e che le porteremo di là dal mare, per venderle come schiave; invece, il loro destino è legato al nostro. Sono delle belle femmine, robuste e ben fatte; e molte hanno già dovuto giacere con noi, per ripagarci delle notti trascorse sulle navi, ascoltando il canto delle Sirene e sognando di avere accanto una donna. Un giorno, quando tutti i maiali a due zampe saranno stati sgozzati, il nostro capo dei capi, il grande Eneas, darà a ognuno di noi una parte di questa terra e un certo numero di femmine, perché le faccia lavorare di giorno e le ingravidi di notte. Allora la nazione dei Lidi incomincerà davvero a risorgere, e i nostri dei torneranno ad avere i loro altari, come li avevano quando vivevamo sicuri nella nostra prima patria...»

«Sono triste e non ho voglia di fare nulla. Mio cugino Strymor, che è piú anziano di me di sette anni, dice che la gioia di vivere mi ritornerà quando mi verranno assegnate le donne, come a tutti gli altri, e può darsi che abbia ragione; lui è piú esperto di me in questo genere di cose! Ma ora il mondo mi appare grigio, e i miei stessi fratelli mi sembrano degli estranei. Li guardo e non li riconosco. Io, Sethu, il piú giovane dei Lidi scampati alla guerra e alla distruzione della città di Troia, non avrei mai pensato che anche noi, dopo essere stati vinti con il tradimento, avremmo compiuto delle infamità ancora peggiori di quelle che i Danai hanno compiuto nei nostri confronti. Quelli che abbiamo ammazzato non erano bestie, come sostengono i miei compagni. Erano uomini e conoscevano il valore delle promesse che si fanno chiamando a testimoni gli dei: tanto è vero che si sono fidati del giuramento di Eneas, quando lui gli ha detto che non dovevano temere piú niente. I loro dei, e i nostri, sarebbero stati i custodi della nostra tregua! Li abbiamo visti seppellire i loro morti, e le bestie non seppelliscono i morti. Poi li abbiamo attaccati: di notte, all'improvviso e senza pensare agli dei che dovevano proteggerli. Li abbiamo uccisi mentre erano prigionieri; e non ci siamo accontentati di vincerli e di prendergli le donne, ma abbiamo voluto distruggere anche il loro nome e la loro stessa razza. Era necessario?

Era necessario attaccarli di sorpresa e nel sonno, contro tutte le regole umane e divine? Era necessario incendiargli le case, per essere sicuri che nessuno di loro potesse scampare alla morte?

Era necessario che un prode guerriero, come Vanal, mentre si compiva la strage andasse attorno gridando: Ammazzate i bambini! Ammazzate i vecchi! Ammazzate le femmine se si ribellano! Nemmeno uno di questi porci deve sopravvivere! Perché Vanal si è comportato in quel modo?

Perché Eneas, con i suoi guerrieri, si è poi diretto verso quella montagna che assomiglia alla testa di un caprone, dicendo che lassú si erano rifugiate molte femmine con i loro piccoli, e che bisognava ammazzare anche quelli? Davvero il nostro popolo si è ridotto al punto di dover combattere contro delle donne e contro dei lattanti?

Perché i cadaveri sono stati buttati, a centinaia, nella gola di un torrente a due miglia da qui, in pasto agli avvoltoi e ai cani randagi? Vanal dice che, quando incomincerà a piovere, il torrente si riempirà d'acqua e li porterà al mare; ma intanto non piove, fa caldo e il fetore si spande ovunque. Le ombre di quei morti insepolti continueranno a vagare in questi luoghi per piú di cento anni, cercando di nuocerci. Se dovremo vivere qui, non sarebbe stato meglio seppellirli e liberarci delle loro ombre?

Tutti mi dicono che quando Eneas tornerà dalla montagna, dividerà la terra e le donne. Tutti sono felici che il nostro viaggio si sia finalmente concluso, e che noi ora abbiamo una nuova patria, piena di cadaveri insepolti e di donne da fottere; ma io, Sethu, io non sono felice. Ho visto gli sguardi delle madri mentre gli venivano strappati di mano i lattanti, e mentre venivano scannati sotto i loro occhi. Ho ascoltato, in una lingua sconosciuta, parole di implorazione e parole di maledizione. Non credo che quelle parole mi usciranno dalla memoria, per quanta terra e per quante donne mi verranno assegnate. I miei compagni dicono che io, ora, sono vittima di uno spirito maligno, e che guarirò. Dicono anche che lo spergiuro di Eneas non era un vero spergiuro, perché le nostre divinità non proteggono chi ci è nemico. Questo argomento è certamente lo stesso che hanno usato i Danai, per giustificare lo spergiuro nei nostri confronti. Io, invece, credo che le urla di quelle vittime innocenti stiano ancora risuonando nelle orecchie degli dei, cosí come continuano a risuonare nelle mie orecchie...»

«Quando i diavoli sono sbarcati sulle nostre spiagge, noi vivevamo tranquilli e senz'ombra di sospetto, perché eravamo sicuri che gli dei ci dovessero proteggere. E pensare che i nostri sacerdoti, da sempre, ci avvertivano dei pericoli che correvamo, e ci parlavano della morte che sarebbe arrivata dal mare! Un giorno, ci dicevano, la notte e il buio si spalancheranno su di noi, e ci rovesceranno addosso mille diavoli assetati di sangue, che stermineranno fino all'ultimo uomo di questa regione. Tutto quello che è successo era stato previsto. Ma gli dei hanno voluto accecarci; forse per punirci delle nostre colpe, o perché era scritto nel libro del Destino che i nostri uomini morissero in quel modo orribile, per mano dei diavoli d'oltremare. Sono stati loro, gli dei, che ci hanno rovinati. Perciò io, fin che vivrò, mi comporterò nei loro confronti come se non esistessero. Morti gli uomini, devono morire anche gli dei; e i loro nomi devono sprofondare nell'oblio, insieme al ricordo della nostra infelice nazione!

Io, Camilla, sono figlia del re-sacerdote Metabo, ucciso a tradimento nella notte della vergogna e del sangue. Ero la vergine eletta del mio popolo: la ragazza che doveva sposare il re di un popolo confinante, per garantire la pace di tutti. I miei capelli color della fiamma, lunghi fino in vita, hanno fatto sí che, per me, quella notte sia stata ancora piú terribile che per mia madre e per le mie sorelle. Perciò io, adesso, porto la testa rasata. Io sono morta; e se continuo a muovermi nel mondo, è soltanto perché spero di vendicarmi, anche in minima parte, di tutto quello che ho dovuto subire. Sono morta quando il palazzo di mio padre è stato incendiato, e gli uomini della mia famiglia e di tutte le famiglie del mio popolo sono stati uccisi. Per un'intera notte, fino all'alba, le grida degli agonizzanti si sono mescolate al rumore delle fiamme e dei crolli, in un frastuono cosí orribile che soltanto a ricordarlo mi sento gelare il sangue! Poi, all'alba, quando i nostri uomini erano già tutti morti, noi donne siamo state trascinate in uno spiazzo ai margini della città, perché dovevamo servire alla festa dei vincitori. Ho visto i diavoli venuti dal mare che bevevano il vino di mio padre direttamente dalle anfore, dopo averlo allungato con l'acqua della sacra sorgente, e dopo averlo mescolato con le spade ancora sporche di sangue! Ho ascoltato i loro grugniti e i loro gemiti di piacere mentre mi fottevano. Il primo a possedermi, quello che mi ha tolto la verginità, è stato il loro capo Eneas: un uomo grasso e schifoso, piú viscido di una lumaca e piú puzzolente di un porco. Poi sono stata trascinata in mezzo alla piazza e lí mi sono venuti addosso, uno dopo l'altro, non so piú quanti diavoli, mentre piangevo e gridavo. Credo anche di avere perso i sensi. Erano tutti attorno a me che volevano fottermi, per via dei miei maledetti capelli rossi. Alla fine, incattiviti dal vino, hanno incominciato a picchiarsi tra di loro e io sono scappata, senza nemmeno capire cosa stavo facendo. Mi sono messa a correre verso la foresta come non avevo mai corso prima d'allora, e ho continuato finché sono crollata per terra; ma intanto ero riuscita a mettere tra me e i diavoli una distanza sufficiente perché non mi riprendessero. Dopo un po' che vagavo nel bosco ho incontrato un'altra donna coperta di sangue dalla testa ai piedi, come me, a causa di tutti i rovi e di tutte le piante spinose che avevamo attraversato...»

«Improvvisamente, a una svolta della strada li ho visti che mi venivano incontro. Erano cinque diavoli venuti dal mare, e ho capito subito che volevano ammazzarmi. Quelli non facevano prigionieri per venderli come schiavi: quelli ammazzavano e basta! Ero disarmato, e mi sono messo a correre. Che altro potevo fare? Sono tornato al mio villaggio; ma, quando finalmente sono stato a un tiro di voce dalle case, ho visto che loro erano arrivati prima di me, insieme a molti altri della loro stessa razza. Mi sono nascosto tra i cespugli e sono rimasto a guardarli mentre bruciavano le nostre capanne e mentre ammazzavano tutti gli uomini che trovavano, vecchi o giovani che fossero, senza ascoltare le loro preghiere e senza nemmeno guardarli in faccia. Ai bambini in fasce gli toglievano le fasce, per vedere di che sesso erano. Io stavo là, e non potevo fare niente! Ho ascoltato i pianti e i gemiti delle donne che venivano prese per forza, finché ho dovuto andarmene perché non ero piú in grado di sopportare ciò che vedevano i miei occhi, e di ascoltare ciò che sentivano le mie orecchie. Mi sono diretto a oriente, verso il fiume. Dappertutto c'erano villaggi che stavano bruciando, e cosí finalmente ho capito. Quelli che erano arrivati dal mare non erano una banda di predoni, come ce n'erano già state in passato. Erano centinaia, forse addirittura migliaia: un intero popolo di soli uomini, e volevano la nostra terra e le nostre donne. Ho capito che per restare vivo dovevo attraversare il fiume che circonda le nostre colline e i nostri boschi, e che dovevo chiedere ospitalità ai nostri vicini. Ho fatto cosí e sono riuscito a salvarmi. Ho poi saputo che molte delle nostre donne, con i figli piccoli, si erano ritirate nelle grotte sui Monti della Luna, e che cercavano di resistere agli assalti dei diavoli. Due di loro sono venute a chiedere armi e cibo agli uomini e alle donne che vivono da quest'altra parte del fiume e ci hanno raccontato le gesta di una ragazza della nostra gente, una certa Camilla figlia del re-sacerdote Metabo, che si è messa a capo di quel gruppo di giovani guerriere...»

«Dovevo sposare il giovane Velano. Ero felice. Aiutavo i miei genitori a costruire e a sistemare la casa dove saremmo andati a vivere io e il mio sposo dopo le nozze, e lui ogni sera veniva a trovarmi. Nessuno poteva immaginare che un'orda di demonii si sarebbe abbattuta sui nostri villaggi e sulle nostre vite, distruggendo tutto quello che avevamo, e perfino il nome del nostro infelicissimo popolo! Velano è morto mentre cercava di difendermi dall'assalto di un demonio. Io non l'ho visto morire, perché in quel momento il demonio mi stava sdraiato addosso: ero per terra, e piangevo e gridavo. Poi ho visto il corpo di Velano sopra un carro, in mezzo a tanti altri, e avrei voluto seppellirlo con le mie mani; ma non è stato possibile seppellire nessuno, perché i demonii ce l'hanno impedito. Ora siamo rimaste solamente noi donne, e molti tra i demonii vorrebbero avermi come loro schiava. Quando mi vedono, si avvicinano e incominciano a toccarmi. Mi sorridono in un certo modo schifoso e mi fanno dei gesti con la lingua, oppure mi mostrano i genitali gonfi; ma, per evitare litigi, credo che mi tireranno a sorte...»

«Quando ho visto il diavolo che si dibatteva nella rete da cinghiali, ho chiamato le mie sorelle. L'abbiamo trascinato fino all'accampamento. Gli abbiamo tagliato le orecchie, il naso, le dita delle mani e dei piedi, il sesso; gli abbiamo cavato gli occhi e poi, mentre era svenuto con la bocca aperta, gli abbiamo tolto la lingua e gli abbiamo messo il sesso in bocca al posto della lingua. Lo abbiamo appeso a un albero in mezzo al sentiero e lo abbiamo lasciato lí a dissanguarsi, perché i suoi compagni diavoli potessero vederlo…»

«Sono Herax figlio di Temel. Mi sono state assegnate otto donne. Tre di loro, però, sono troppo vecchie per avere figli, e le tengo separate dalle altre perché potrebbero spingere le piú giovani a ribellarsi, continuando a ricordargli il passato. Gli faccio portare i carichi di pietre che mi servono per ricostruire la stalla e la recinzione dell'orto, e quando piove le mando nel bosco a raccogliere la legna. Spero che si ammalino e che crepino. Per distinguerle tra loro, gli ho dato come nomi tre numeri, rispettivamente: Una, Due e Tre. Loro, però, fanno finta di non capirmi e non mi rispondono.

Alle altre donne ho dato dei nomi che si usavano in Lidia: le ho chiamate Truysia, Karkisa, Adulissa, Yahrissa e Sethra. Eneas, infatti, ci ha proibito di continuare a chiamarle con i nomi che avevano prima del nostro arrivo, e di imparare la loro lingua. Dice che sono loro che devono imparare la nostra. Naturalmente, ha ragione; ma io non credo che le cose andranno come vuole lui, perché le donne sono tante, otto o dieci per ciascuno di noi, e perché parlano soltanto tra di loro. Tenerle divise è impossibile; costringerle, con le botte, a parlare una lingua che non conoscono, è altrettanto impossibile...

Per comunicare con le mie donne, e per essere ubbidito e servito, io ho dovuto imparare molte delle loro parole; e, se non c'è nessuno che mi ascolta, le uso. Una lingua vale l'altra, per vivere tranquilli!

Ogni sera, mi faccio venire nel letto una donna diversa.

La mia favorita è Sethra, che è ancora una bambina e non può avere figli (almeno, per ora). Le bambine non sono capaci di odiare come le donne adulte; e i nostri capi, che lo sapevano, quando c'è stata la divisione delle donne se le sono prese quasi tutte per sé, facendoci credere che le tiravano a sorte. Anch'io, per avere Sethra, ho dovuto ricorrere a uno dei loro trucchi...

Adulissa e Karkisa sono già incinte. Adulissa è la piú bella tra le mie donne: è alta e snella, con gli occhi scuri e i capelli dello stesso colore, lunghi fino in vita. Credo che al momento del nostro sbarco fosse fidanzata con un ragazzo del suo villaggio, e che dovessero sposarsi di lí a pochi giorni. Naturalmente mi odia; ma quella delle mie donne che mi odia di piú è senz'altro Karkisa, che stava allattando un bambino e se lo è visto ammazzare da uno di noi. Karkisa evita di guardarmi, e se pensa che io non posso vederla mi fa dei gesti che, nelle sue intenzioni, dovrebbero farmi morire. Quando è nel mio letto, si tiene un cuscino premuto sul viso ed emette uno strano rumore, che un po' ricorda il pianto di un essere umano e un po' il ringhiare di un cane. Adulissa, invece, non riesce a impedirsi di provare piacere; e questo fa sí che, oltre a odiare me, odi anche se stessa. (Ma il suo istinto, fortunatamente, continua a essere piú forte del suo odio).

Sia Adulissa che Karkisa odiano i figli che hanno in grembo, e non li considerano i loro figli, ma i miei. Io le tengo d'occhio perché non cerchino di liberarsene, da sole o con l'aiuto di una delle vecchie. Non so (non riesco a immaginare) cosa faranno dopo che quelli saranno nati, soprattutto se si tratterà di maschi. Spero che l'istinto materno finirà per prevalere sulla volontà di vendicarsi; e, in ogni modo, prenderò qualche precauzione. Forse le mie donne non se ne rendono conto, ma i figli sono la cosa piú importante che abbiamo, dopo le tragedie che ci hanno colpiti (a noi in Lidia, e a loro in questa terra che chiamano Lazio). È soltanto grazie ai figli, nostri e loro, che i nostri due popoli potranno continuare a esistere...

Le altre mie donne sono piú tranquille. Yahrissa è grassa e rosea come una giovane scrofa, e non ha pensieri di nessun genere: nemmeno pensieri di vendetta. Se l'abbraccio e l'accarezzo sui seni o sui fianchi, sorride e sembra contenta. Credo però (anzi: ne sono sicuro) che si comporterebbe nello stesso modo con qualsiasi altro uomo a cui fosse stata assegnata. Truysia, infine, è una povera donna non piú giovane, con il corpo pieno di cicatrici per le botte che le dava il suo vecchio marito. Lei, del passato, non ha certamente molto da rimpiangere! »

«Nessuna traccia di quella violenza dovrà rimanere tra di noi. Nessun racconto di cantastorie, nessun poema su papiro o su pergamena. Nessun affresco e nessuna scultura. Basterà dire semplicemente: un giorno, in questa terra ricca di messi e di ogni genere di metalli, è nato un popolo che prima non c'era. Il popolo dei Rasenna (Rasna)...»

«Bisogna osservare i presagi. Gli astri, nel cielo, non si muovono per caso, ma secondo regole che è possibile conoscere in anticipo. Ricorda: tutto ciò che accade non accade per caso. Non è il caso che fa scoppiare i fulmini, ma Tinia. Non è il caso che fa germogliare i semi di grano (o qualsiasi altro seme), ma Velthune. Tutto ha una ragione e un significato. Ascoltami bene: gli ignoranti si comportano nella vita come i cinghiali si comportano nella foresta. Rompono e devastano tutto ciò che incontrano sulla loro strada, spezzano gli alberi giovani e sollevano le zolle, finché incontrano i cani che li inseguono e il cacciatore che li trafigge. Saggio, invece, è colui che ha imparato fin da bambino l'arte di interpretare le tracce, e di non lasciare tracce...»

«Chiudo gli occhi e sento le voci che mi attraversano. Vedo immagini, che dapprincipio sono piuttosto confuse, come ombre, e poi via via diventano nitide...»

«Voci, voci, voci...»

«Mio nonno parlava in un modo strano. Tutti gli uomini della sua età parlavano e si comportavano in un modo strano. Dicevano di essere venuti da un paese di là dal mare e raccontavano di avere combattuto una guerra lunga e crudele contro i Greci; una guerra che, alla fine, i Greci avevano vinto con l'inganno, calpestando tutte le regole umane e divine! Dopo un lungo viaggio si erano fermati in Italia, nel Lazio, perché qui c'era il dio di cui, allora, avevano bisogno. Il dio delle trasformazioni Velthune. Avevano acquistato delle mogli: molte mogli per ognuno di loro, e ogni moglie aveva messo al mondo uno o piú figli...»

«Io, Ramtha, amo Velthur e lui ama me. Chiedo a Tinia un cenno d'assenso...»

«... una musica veloce e molto ritmata. L'ascolto e sento che mi entra nelle dita, nelle braccia, nel corpo. Dopo un attimo, la musica sono io. Mi muovo in qua e in là con i suoi movimenti...»

«Noi non possiamo sposare le donne dei Sabini: possiamo solo fotterle. Noi siamo diversi, e dobbiamo mantenere piena la coscienza della nostra superiorità e della nostra diversità rispetto a questi popoli primitivi che ci stanno attorno...»

«Il melograno era fiorito! Lui doveva morire...»

«Ho conosciuto la storia dei Rasna. Io, Larthi Ultnach, moglie del piú ricco mercante di Cere, che è la piú ricca fra tutte le città dell'Etruria. Un giorno, avevo ospiti a banchetto e i servi mi annunciarono l'arrivo di un famoso cantore: il grande Aveles, di cui avevo già sentito parlare dalle mie amiche, ma che non avevo mai ascoltato prima d'allora. Dissi subito che volevo conoscerlo. Come la maggior parte dei cantori, Aveles è cieco dalla nascita, e quella disgrazia gli ha permesso di sviluppare la fantasia e la sensibilità musicale, in un modo che non esito a definire divino. Cantò, accompagnandosi con una cetra, le origini del nostro popolo. Raccontò la fuga dei Lidi dopo la caduta di Troia; le loro peregrinazioni di porto in porto e la sosta per l'inverno sulle coste dell'Africa, dove il popolo dei Tiri stava fondando la città di Cartagine. L'amore della regina dei Tiri, Didone, per Eneas, e la fine tragica di quell'amore. Poi raccontò lo sbarco dei Lidi sulle coste italiane: le loro guerre eroiche contro i selvaggi del Lazio, che pretendevano di essere i legittimi padroni di questa terra e che avrebbero voluto impedirgli di fondare le loro nuove città, nei luoghi e nei modi che gli dei gli avevano indicato. Narrò le gesta del brigante Thurn e quelle della vergine guerriera Camilla, ma soprattutto celebrò il senno e la possanza di Eneas: quella possanza invincibile, e quel senno, che alla fine gli permisero di trionfare sopra tutti i suoi nemici e di far sí che i Lidi si stabilissero nel Lazio, per dare vita al popolo dei Rasna...»

«Aveles cantava, cantava e noi lo ascoltavamo con gli occhi e le bocche spalancate, lasciandoci trasportare dall'armonia della sua voce e dalla bellezza delle sue storie. Ormai, tutti ne eravamo convinti: quell'uomo era il piú grande cantore che la nazione etrusca avesse mai avuto, e gli eroici fondatori del nostro popolo tornavano a vivere nelle sue parole. Raccontò le origini delle Dodici Città: di Veio, di Tarquinia, di Cere, di Volsinii, di Populonia e di tutte le altre. E raccontò anche la storia della tredicesima città, quella che fu fondata dal bandito Romul, uccisore del proprio fratello, sulla riva del Tevere, e che i re-sacerdoti non hanno mai voluto accogliere nella nostra confederazione: perché il numero tredici porta sfortuna e perché quella città si era poi popolata accogliendo tutti i ladri e tutti gli assassini del popolo etrusco... Quando Aveles finí di cantare io lo presi in disparte e gli chiesi come avesse fatto a conoscere quegli avvenimenti cosí lontani nel tempo. Mi rispose di averli ascoltati da suo padre e questi dal nonno, e poi mi spalancò in viso i suoi occhi bianchi di cieco. Ho sentito dire da un aruspice, scandí, che il nostro poema nazionale, il poema di Eneas, si tramanderà da un cantore all'altro e da un'epoca all'altra, finché uno straniero lo trascriverà sopra un rotolo di papiro, dopo averlo voltato nella sua lingua. Allora il cielo dei Rasna diventerà silenzioso. Gli uomini continueranno a vagare per il mondo, come fanno adesso, ma quel loro andirivieni non avrà né meta né scopo; e nessuno piú saprà far rivivere, con il canto, la nostra antica grandezza e sapienza».

«A volte mi soffermo a spiare un fiore mentre sboccia, o a seguire i movimenti di un ragno che sta tessendo la sua rete. Penso a quella sostanza impalpabile che chiamiamo tempo, e che esiste solamente per noi. Noi uomini misuriamo il tempo col sole e con i cicli della luna, con i chiodi piantati nel tempio di Northia, con i calcoli dei sacerdoti che stabiliscono la lunghezza esatta di un secolo; ma qual è il tempo dei fiori, e qual è il tempo dei ragni? Esiste un tempo anche per loro, o non dovremo dire piuttosto che ogni fiore di una determinata specie è sempre lo stesso fiore, e che ogni ragno è sempre lo stesso ragno? Che il fiore e il ragno non muoiono mai, e che gli uomini muoiono soltanto perché vivono nel tempo?»

«I Galli sono comparsi all'improvviso. Io non sapevo che combattono nudi. Se qualcuno prima di oggi mi avesse detto che combattono nudi, forse non sarei scappato quando me li sono trovati di fronte. Invece li ho visti da lontano in mezzo al bosco, con quei loro corpi grandi e rosei e con quei loro capelli del colore della stoppa, e ho creduto che fossero diavoli. Correvano verso di me agitando le spade, e io non ho capito piú niente: ho gettato lo scudo, ho perso l'elmo, ho perso tutte le armi che avevo addosso, ma sono riuscito a sfuggirgli. Sono vivo...»

«... quando i musici hanno incominciato a suonare l'ho visto che mi veniva incontro. Era l'uomo piú bello che avessi mai conosciuto, e ballando con lui mi piegavo e mi muovevo come fa il grano agitato dal vento. Poi la musica è cessata e lui, tenendomi per la vita, mi ha fatto volare. Rideva e ho visto che aveva dei denti bianchissimi...»

«Ho buttato la rete nel lago e sono rimasto a guardare il tramonto. Ancora una volta Tinia, il sole, andava a unirsi con la Madre Terra nell'amplesso notturno, di là dalle colline in fiore; e ancora una volta la loro unione avrebbe generato Turan, la dea che nasce ogni giorno in ogni luogo, e che continuerà a rinascere sempre. Ho ripensato alle storie che mi raccontava mio nonno. Lui sosteneva che noi, i Rasna delle Dodici Città, in realtà siamo i Lidi venuti dall'Asia dopo che il nostro popolo era stato sconfitto; e che dobbiamo conservare la memoria delle nostre origini. Quando mi prendeva sulle ginocchia, da bambino, il nonno mi recitava una filastrocca fatta di parole di cui lui stesso non conosceva il significato, e diceva che quella era la nostra vera lingua. Ma io sono nato in riva a questo lago, e queste colline in fiore sono la mia unica patria. Se qualcuno mi costringesse a vivere lontano da qui, credo che morirei. Io non conosco le parole dei Lidi, ma conosco i segni e le abitudini dei miei fratelli pesci: perciò faccio il pescatore...»

«Quando ho capito che niente al mondo avrebbe piú potuto restituirmi il mio piccolo Avle, di sei anni, ho asciugato le lacrime e l'ho consegnato alle divinità dell'Oltretomba. Badate, gli ho detto, che lui è abituato a giocare tutti i giorni con la palla e la trottola...»

«Tutto, allora, mi stordiva e mi intimidiva. Io, Venel, nato in una capanna in mezzo al bosco e cresciuto insieme agli animali di mio padre, per la prima volta abitavo in una grande città! Il mio nuovo padrone mi aveva dato una stanza nel sottotetto del suo palazzo, e da lassú vedevo tutto quello che succedeva in strada. Guardavo il vasaio mentre sgridava i suoi garzoni, e l'arrotino mentre chiamava i clienti. Soprattutto, guardavo le donne. Quante donne ci sono in una grande città! Ce n'era una con i capelli rossi, una certa Ramtha, per cui, allora, avrei fatto qualunque pazzia...»

«Questa mattina, prima ancora che facesse giorno, ho dovuto alzarmi per aprire la porta a un mio nipote, figlio di mio fratello Pesna. È arrivato da me come un uomo che fugge: senza scudo, senza elmo, senza nemmeno la spada... Lui, il forte Arruns, che ancora un anno fa aveva cacciato e umiliato i nostri vicini di Vulci, quando avevano osato invadere i terreni da quest'altra parte del fiume! Veniva da Volsinii e aveva camminato tutta la notte. Arnth, mi ha detto, prendi con te tua moglie Culni e le cose piú preziose che hai in casa, e fuggi verso nord, perché stanno arrivando i nemici! L'ho invitato a entrare. Gli ho dato dell'acqua e lui, allora, mi ha spiegato che i discendenti di tutti gli assassini e di tutti i ladri del popolo etrusco, cioè i Romani, avevano deciso di annientarci, e che stavano distruggendo, una dopo l'altra, le nostre Dodici Città. Mi ha raccontato che Volsinii non esiste piú, e che i Romani hanno sparso il sale sulle sue rovine perché nemmeno l'erba ci possa ricrescere. Mi ha poi detto che anche il tempio di Velthune è stato dato alle fiamme, e che gli dei ci hanno abbandonato. Ora che lui è andato via, sono rimasto solo con mia moglie Culni. Ci teniamo la mano nella mano e guardiamo fuori della finestra, sulla strada dove continuano a passare uomini e carri, diretti verso chissà dove. Ci sono carri pieni di vecchi e di donne, e ce ne sono altri pieni di oggetti: di madie, di tavoli, di bracieri, di specchi, di vassoi che la gente vuole mettere in salvo, e che considera importanti quanto la sua stessa vita. Ci sono uomini e donne che camminano a piedi dietro ai carri, curvi sotto il peso di enormi fardelli; e ce ne sono altri che hanno caricato tutte le loro cose sopra un asinello. Ogni tanto, qualcuno di quei fuggiaschi ci vede da lontano e ci grida: cosa fate, voi due? Sbrigatevi a scappare, perché stanno arrivando i Romani! Ma io e Culni abbiamo deciso di rimanere qui, davanti a questa finestra, e di aspettare i nostri assassini per guardarli in faccia. Ormai siamo vecchi, e non abbiamo piú voglia di andare in giro per il mondo. Non abbiamo un posto dove fuggire. Questa è la nostra casa, l'unica che possediamo, e quel campo lí davanti, che io ho coltivato per tutta la vita, è la nostra sola ricchezza. Quel pozzo è il nostro pozzo, che prima di appartenere a noi due apparteneva ai miei antenati da almeno quattrocento anni. Se i Romani ci vogliono uccidere, ci uccidano pure! Non sarà una grande prodezza, per dei guerrieri come loro, passare a filo di spada due poveri vecchi...»

«Stavo là, seduto davanti alla casa di Ramtha, sotto il pergolato di rose, e guardavo la luna. Riflettevo su quello che i genitori della mia fidanzata mi avevano appena detto, che lei era fuggita con un altro uomo. Sentivo delle voci che venivano dalla luna, o da dentro la mia testa...»

«Nelle nostre città, ormai, comandano gli stranieri. Noi continuiamo a eleggere i nostri magistrati, gli zilàth, perché cosí vuole la tradizione e perché ci piace vederli camminare in testa ai cortei, con gli abiti di porpora e con i littori che gli portano le scuri; ma nella vita di ogni giorno non contano nulla. Per ogni nostra necessità, dobbiamo ricorrere ai funzionari dell'amministrazione civile di Roma. Questi sono degli orribili ometti, calvi e bassi di statura, che non capiscono una parola della nostra lingua e che vengono fin qui dalle regioni meridionali dell'Italia, sperando di arricchirsi con i nostri soldi e di fottere le nostre donne: e, in genere, riescono a fare sia una cosa che l'altra...»

«Quel giorno sapevo che mi sarebbe successo qualcosa di spiacevole, perché avevo visto in sogno l'Uomo-che-porta-le-disgrazie. Mi guardava e faceva un gesto con la mano sinistra, come se mi stesse lanciando qualcosa di invisibile. Poi, sulla soglia di casa, ho visto la bava di una lumaca. L'ho cercata per ucciderla, ma non c'era piú. Quei presagi erano fin troppo chiari e io avrei dovuto tornare dentro e chiudermi nella mia stanza, rinunciando a tutto ciò che dovevo fare...»

«... mai, in passato, si erano verificati dei fatti cosí orribili. A Perugia, nella ricorrenza delle idi di marzo, piú di trecento uomini della nobiltà locale, vecchi e giovani, sono stati trascinati come animali sugli altari di pietra e abbattuti a colpi di scure. Sacrificati davanti all'immagine di un uomo, il romano Giulio Cesare. Nessuno del nostro popolo, quel giorno, ha potuto trattenere le lacrime; ma nessuno ha avuto il coraggio di fare qualcosa. Del resto, era fin troppo evidente che quei porci, cioè i Romani, aspettavano soltanto un pretesto per sterminarci tutti. Anche la pianura attorno a Perugia era piena di porci. Si vedevano all'orizzonte le nuvole di polvere dell'esercito di Ottaviano che si stava spostando; e le grandi masse di fumo degli incendi, che stagnavano nel cielo primaverile senza un alito di vento...»

«Dovunque andrai, amore, io ti seguirò. Sarò la tua ombra e il tuo respiro. Sarò per te quello che l'ape è per il fiore,

quello che il convolvolo azzurro è per lo stipite della casa a cui si attorciglia,

sarò l'uccello che vola nel tuo cielo, la luce che illumina i tuoi pensieri, il viso sorridente che ti viene incontro nel sogno...»

Riaprii gli occhi (o, forse, erano sempre stati aperti?) e piano piano, nonostante il disorientamento dei primi istanti e nonostante la penombra, arrivai a riconoscere il luogo dove mi trovavo. Ero nel sotterraneo del tempio di Mantus. Tutte le candele si erano consumate e anche i bracieri erano spenti, ma un barlume di luce filtrava dalla scala: segno che, nel frattempo, si era fatto giorno. Il mio corpo era morto. Me ne accorsi quando cercai di muovere una mano e poi la testa, e poi ancora quando cercai di parlare, e dalle mie labbra immobili come quelle di una statua non uscí nessun suono. Soltanto i miei pensieri erano vivi. Allora provai una sensazione, fortissima, di dolore e di rabbia, perché avrei voluto tornare da dove venivo: in quegli abissi del tempo dove avevo vissuto innumerevoli vite, di tante persone diverse e in tante epoche diverse! Che me ne importava, di essere ancora e sempre Timodemo di Nauplia? Ricordo di avere pensato una frase curiosa: «Dentro a questo corpo ci dovrò morire. Non ho via di scampo». I miei occhi riflettevano le travi del soffitto, e i miei arti: la mia testa, le mie gambe, le mie braccia, immobili e insensibili alla mia volontà, erano come il guscio di una conchiglia che le onde abbiano ributtato, vuoto e inerte, sulla riva del mare. Pensai che il tempo, dove avevo nuotato a lungo, era quel mare, e che il presente era la mia ultima spiaggia. Poi, però, incominciai ad avvertire un leggero formicolio e una sensazione di calore, che partendo dallo stomaco si irradiava nel resto del corpo. Provai a muovere la testa e mi sembrò che la mia rigidità si fosse un poco attenuata. Lentamente, e con molti sforzi, mi voltai verso Mecenate e Virgilio. Vidi che erano ancora stesi sui divani del triclinio, e che avevano gli occhi aperti. Guardai gli oggetti che ricordavo di avere visto la sera precedente. Il braciere sulla mia destra, vuoto e spento, era quello dove il Mostro avrebbe dovuto gettare il suo pezzettino d'ambra, se noi avessimo scelto di viaggiare nel futuro, anziché nel passato; ma, come ho già detto, l'idea stessa del futuro mi dava fastidio. Di piú: mi faceva orrore! Io non volevo avere un futuro. Di fronte all'immensità del tempo che mi lasciavo alle spalle, l'esistenza di un uomo chiamato Timodemo era meno che nulla: era soltanto un impiccio per chi doveva portarla a termine. Mi sentivo come un uccello nato in gabbia, che dopo aver assaporato i grandi spazi della libertà, deve tornare a morire dentro alla sua minuscola prigione...

Poi incominciarono a muoversi in modo visibile anche Mecenate e Virgilio; e poi, in un tempo che non so calcolare, ma che certamente fu piuttosto lungo, riuscimmo a sederci sui divani, a parlarci, ad alzarci in piedi. Eravamo stupiti e anche un po' spaventati per quello che ci era successo, e lo saremmo stati ancora di piú nei giorni che seguirono: quando, confrontando i ricordi delle nostre vite passate, ci saremmo accorti che non combaciavano tra di loro. Quelle vite erano state diverse, cosí come erano diverse le persone a cui si riferivano! Ciò significava che non avevamo sognato. Ognuno di noi aveva avuto la possibilità di conoscere, per suo conto, l'intera storia dei Rasna. Eravamo nati e morti decine di volte. (Anche la morte figurava tra le nostre esperienze, in molti modi e con qualche particolare curioso, che però non intendo raccontare ora). Avevamo provato la felicità e il dolore, l'azzardo e la noia, la miseria e lo sperpero, la sapienza e la smemoratezza. I giorni che seguirono ci servirono per rientrare negli spazi chiusi della nostra epoca e delle nostre piccole vite, e per rassegnarci al nostro destino. Tutto, nel presente, ci appariva banale e privo di interesse, e ogni nostro gesto e ogni nostra parola ci sembravano la ripetizione di altri gesti che avevamo già compiuto, o di altre parole che avevamo già pronunciato, chissà quante volte! (Ma poi, quando cercavamo di mettere a fuoco un singolo episodio, ci accorgevamo che la nostra memoria era piena di sensazioni e di impressioni, piú che di veri ricordi). A volte, ci sorprendevamo a pensare e a parlare come dovevano aver pensato e parlato, nei secoli trascorsi, l'uno o l'altra degli uomini e delle donne che eravamo stati. Riascoltavamo, nel dormiveglia, una parola, che doveva aver significato per noi qualcosa di molto importante; o provavamo uno slancio d'affetto per qualcuno, che non avremmo saputo dire chi fosse... Quei frammenti del nostro passato, purtroppo, tendevano a svanire a contatto del mondo reale, come fanno i sogni; e ce li raccontavamo subito, perché ci sembrava che soltanto raccontandoli saremmo riusciti a conservarli, e quindi a salvarli.

6.
Aisna

La vita, a Sacni, era monotona; l'ho già detto, e non varrebbe la pena che tornassi a parlarne, se non fossero accadute alcune cose, in quegli ultimi giorni di giugno, destinate a portare un po' di movimento anche tra gli abitanti di quel borgo fin troppo tranquillo. La mima Tecmessa tornò a vivere con noi, dopo essere stata abbandonata dal suo attore girovago: che, una mattina al risveglio, le aveva fatto trovare il letto vuoto e la porta della stanza chiusa a chiave dall'esterno, per essere sicuro che lei non potesse inseguirlo. Insieme all'istrione erano spariti anche i gioielli della ragazza, e anche i suoi abiti di scena, compresa la preziosa tunica trasparente di tessuto di Coo; ma la scomparsa del bellimbusto non sarebbe stata, comunque, una perdita irreparabile per la nostra storia, se non avesse mandato all'aria alcuni equilibri che si erano venuti a creare nelle settimane precedenti, e che avevano permesso a Mecenate di corteggiare la donna di cui si era innamorato, cioè la sacerdotessa di Turan, senza dover fare i conti con l'altra che aveva portato con sé venendo da Roma. Rimasta nuovamente sola, Tecmessa tornò ad attaccarsi al suo protettore con la stessa determinazione con cui certi pesci di fiume, detti lamprede, si attaccano ai pesci piú grandi, per succhiargli il sangue fino a farli morire. Lo seguiva dovunque; e sarebbe entrata con lui anche nella casa-tempio della dea dell'amore, se le guardie che c'erano all'ingresso non l'avessero fermata, perché quel luogo era vietato alle donne. Fu allora che incominciarono le sue scenate, cosí frequenti e clamorose da diventare un nuovo passatempo per gli ammalati delle Terme e per gli altri abitanti di Sacni. (Costretta a rimanere fuori dell'edificio dove abitava la donna che le aveva usurpato il posto nel cuore di Mecenate, la nostra ballerina le gridava dalla strada tutta la sua rabbia; e non si limitava a gridare, ma si toglieva di dosso i vestiti e sfidava la sacerdotessa di Turan ad affacciarsi per confrontarsi con lei. Chi di loro due era la piú bella? Esibiva le sue grazie davanti a una folla di sciancati e di vecchi usciti dalle Terme, che la applaudivano e la incitavano a far valere le sue ragioni, con Velia e anche con Mecenate! Gli mostrava i seni, il sedere, le cosce, la fica. Prometteva alla rivale che, se un giorno l'avesse incontrata per strada, le avrebbe strappato i capelli e cavato gli occhi. «Mecenate, – gridava alle finestre dell'edificio, protette da robuste grate di ferro, – mi appartiene, e non sarà una puttana etrusca quella che me lo porterà via!»)

Una sera, stavamo cenando nella nostra locanda e il sacerdote di Velthune ci mandò a dire che avremmo potuto incontrarlo il giorno successivo. Fu il solito Lars a portarci anche quella notizia. «Dovrete mettervi in viaggio con il primo sole, – ci disse l'aiuto-sacerdote. – Partirete dalla spianata dei templi e ognuno di voi avrà con sé cibo e acqua per due giorni e una coperta per ripararsi dal freddo e dall'umidità della notte, perché il luogo dell'incontro potrebbe anche essere lontano». Noi, naturalmente, ci ribellammo all'idea di avventurarci tra i boschi, senza sapere dove andavamo e senza che ce ne fosse un motivo. Perché il sommo sacerdote non si degnava di riceverci nel tempio del dio, dopo che ci aveva fatto aspettare i suoi comodi per sette settimane? Ma, invece di rispondere alle nostre domande, Lars ci consigliò di indossare dei calzari robusti e dei buoni mantelli, e di appendere un'arma alla sella del cavallo, per essere in grado di difenderci dai cinghiali e dagli orsi...

«Secondo le indicazioni degli aruspici, – ci disse, – tre animali guideranno il vostro cammino. Il primo animale sarà l'arac, lo sparviero; il secondo sarà l'antar, l'aquila; il terzo sarà l'arim, la scimmia. Quando avrete trovato la scimmia, e la vedrete, il sacerdote di Velthune sarà a portata della vostra voce e vi potrà rispondere».

Mecenate si mise a ridere: «Una scimmia! E perché non un elefante, o uno struzzo? Dovremo andare fino in Africa per trovare una scimmia, – osservò poi scuotendo la testa. – In questi boschi, a memoria d'uomo, non se ne sono mai viste!»

«Mi è stato detto che troverete una scimmia, – gli rispose l'aiuto-sacerdote, – e sono sicuro che la troverete. Non posso dirvi altro perché non so altro». Poi, però, toccò a lui ridere di noi, quando gli chiedemmo di descriverci l'aspetto dell'uomo che dovevamo incontrare, e di rivelarci il suo nome: «Altrimenti come faremo a riconoscerlo, e come lo chiameremo?»

«Il nome del sacerdote... Questa sí che è una bella domanda! Che nome ha ogni singolo ciottolo sulla spiaggia del mare? E le foglie sui rami delle querce, come si chiamano?»

«Chi è stato scelto dal dio per rappresentarlo nel mondo, – ci spiegò quando ritornò serio, – non può avere un nome d'uomo e non è nemmeno piú un uomo, almeno in un certo senso... In quanto all'aspetto, ci penserà il sommo sacerdote a riconoscervi, perché vi ha già visti. Non chiedetemi dove! Io non posso saperlo, ma sono sicuro che l'avete incontrato e che vi ha anche rivolto la parola. Lui fa sempre cosí».

Partimmo la mattina del giorno successivo, come ci era stato detto, a cavallo e senza nemmeno un soldato di scorta. Dalla spianata dei templi, vedemmo l'arac che ruotava sopra le nostre teste e lo seguimmo di collina in collina e di valle in valle, finché si abbassò nel folto degli alberi e scomparve. Ci rimettemmo ad attendere e finalmente, nella quarta ora dopo mezzogiorno, avvistammo l'antar (l'aquila). Il sole, davanti a noi, era ancora alto sopra l'orizzonte e l'aquila si librava piú in alto del sole, con le ali ferme e immobili come le vele di una nave sospinta dal vento. La seguimmo al galoppo. Arrivammo in riva a un torrente, presso una capanna dove c'era un omino grinzoso e deforme che ci stava facendo dei segni. Era lui l'arim (la scimmia) che dovevamo incontrare? «Quello è l'inserviente delle Terme che abbiamo conosciuto quando siamo arrivati a Sacni!» esclamò Mecenate. «Quello è il gobbo che ci ha attraversato la strada a Surina!» dissi io. L'uomo-scimmia ci fece cenno di avvicinarci; e poi, quando fummo smontati da cavallo, ci invitò a sederci sulla panca al suo fianco e ci chiese chi di noi tre era lo zichu (lo scrivano) che doveva interrogarlo sul passato dei Rasna.

Mi guardò fisso negli occhi: «Sei tu, forse?»

«Sono io, – disse Virgilio. – E tu, chi sei? Come dobbiamo chiamarti?»

Il nano rise spalancando la bocca, e ci accorgemmo che non aveva piú nemmeno un dente. «Il mio nome, – rispose, – si è perso nel vento, tanto tempo fa! Ma, se proprio volete rivolgervi a me come a una persona, chiamatemi Aisna». (Venimmo poi a sapere che quella parola, in lingua etrusca, significa «il Divino»). Ci spiegò: «Sono la trentottesima incarnazione di Velthune. Non sono il suo ultimo sacerdote, ma sono quello che precede l'ultimo. Dopo di me ci sarà ancora un Aisna, per pochissimo tempo, e verranno piantati gli ultimi chiodi nel tempio di Northia. Cosí ha stabilito il dio, e cosí deve essere. In realtà, l'epoca dei Rasna finisce oggi».

«Perché non avete mai scritto la vostra storia, e nemmeno le vostre riflessioni sulla vita e sul mondo? – domandò Virgilio. – Perché la scrittura vi ha sempre fatto orrore?»

Aisna lo guardava e sorrideva. «Hai detto bene. La scrittura ci fa orrore, cosí come ci fa orrore la morte. La parola scritta è un segnale di morte: non lo sai? Tu che di mestiere fai lo scrivano, non hai mai riflettuto su questo genere di cose? Gli animali non possono morire: soltanto i loro nomi muoiono. Chi non ha un nome, e non può scrivere il suo nome, non muore in eterno».

Virgilio non gli rispose. (Lui allora credeva, come il suo amico Orazio, che la scrittura rappresentasse, per gli uomini, l'unica possibilità di diventare immortali; e le parole di Aisna dovevano sembrargli prive di senso). «Il fatto che i Rasna non abbiano usato la scrittura allo stesso modo dei Greci e dei Romani, – continuò il sacerdote di Velthune dopo un breve silenzio, – non significa che fossero stupidi. Al contrario, i loro Libri Sacri racchiudono tesori di sapienza che nessun altro popolo possiede! Per almeno trecento anni, gli abitanti di questo paese sono stati i primi in ogni attività umana. Nella navigazione, nella lavorazione dei metalli, nel costruire edifici e nell'incanalare le acque non avevano rivali; e i loro scultori, i loro orafi, i loro ceramisti gareggiavano per bravura con quelli dell'Attica e delle isole dell'Egeo, cioè con i migliori del mondo. Dovunque arrivavano le navi dei Rasna, là si vedevano le loro pitture e si sentivano risuonare le loro musiche: quelle stesse musiche che, in patria, accompagnavano i racconti dei poeti, nei banchetti e nelle altre occasioni pubbliche. Le nostre leggende, le nostre storie, le nostre poesie hanno fatto parte della vita del nostro popolo, e si sono tramandate di padre in figlio nel corso dei secoli. Ma, naturalmente, non sono mai state scritte! »

Il sacerdote di Velthune parlò a lungo e io lo osservai con attenzione, perché il suo aspetto mi interessava quasi quanto le sue parole. Era alto come un bambino di dieci o undici anni; aveva la pelle gialla e rugosa e le guance prive di barba, ma sul suo labbro superiore e sotto al mento c'erano alcuni ciuffi di peli grigi, simili a quelli che si vedono, a volte, sul viso delle vecchie. Anche i suoi capelli erano grigi e radi. La gobba era meno sporgente di quanto mi fosse sembrata a Surina; in compenso, notai per la prima volta il gozzo. L'età era indefinibile. Quell'uomo (ma la parola uomo è forse eccessiva per un simile aborto) poteva avere cento anni, o poteva averne soltanto trenta! Mi incantai a guardargli le mani. Erano ben fatte e ben curate, e non sembravano, assolutamente, le mani di un uomo che vive in un bosco...

Da dove veniva la religione dei Rasna? L'uomo-scimmia ci spiegò che era antica di quasi dieci secoli e che era nata nel Lazio, tra i Lidi della terza generazione dopo lo sbarco di Eneas. «Un contadino di nome Tarchon stava arando il suo campo e vide balzare fuori dalle zolle un uomo piccolo e deforme, che per tranquillizzarlo gli disse di essere il suo vicino Tagete. In realtà, quel mostriciattolo era il primo degli Aisna. Tarchon, stupito, chiamò i suoi familiari; e l'ometto, quando li ebbe davanti, gli raccontò la storia del mondo e degli uomini. Ci fu un'epoca, gli disse, in cui l'universo era il regno del dio del nulla Mantus e della sua fedele ombra Mania. Un giorno il dio-dea della vita Velthune incontrò Northia, il dio-dea del tempo. I due dei incominciarono a parlare e a immaginare un ambiente piú bello e confortevole del vuoto che avevano attorno: immaginarono il sole e la luna, i mari e le montagne, gli animali e le piante, e tutto ciò che prendeva forma nella loro fantasia, immediatamente diventava realtà.

L'universo si riempí di cose e di vita. Allora Mantus, per ristabilire il suo predominio sulle cose, inventò un nome per ciascuna di loro. Chiamò la roccia granito o selce, e l'infelicità penetrò nella roccia. Le pietre, anche le piú dure, si dilatarono con il caldo e si screpolarono con il freddo; scricchiolarono e si ruppero. Poi Mantus chiamò gli alberi quercia o pino, fico o alloro, e l'infelicità penetrò negli alberi. Alcuni incominciarono a perdere le foglie e a ricrearle ogni anno nella buona stagione; tutti presero la ruggine, le muffe e furono assaliti dagli insetti nocivi. Dopo gli alberi, venne il turno degli animali. Mantus li chiamò lupo e pecora, falco e serpente, e li costrinse a essere infelici: a sbranarsi, ad ammalarsi, a soffrire per mancanza di acqua o di cibo. Infine, Mantus si rivolse agli uomini, che fino a quel momento erano vissuti senza nuocersi e senza conoscersi, e diede un nome specifico a ciascuno di loro. Chiamò i maschi Lars o Avle, Caile o Pesna; chiamò le femmine Larthia o Ramtha, Velia o Tanaquil, e gli uomini e le donne, immediatamente, diventarono infelici. Conoscendosi, incominciarono a provare invidia gli uni per gli altri, e l'invidia fu l'origine della loro rovina perché generò la cupidigia e il livore. La cupidigia e il livore generarono l'odio; l'odio generò le guerre. Il mondo, ormai, era completamente infelice».

«La prima epoca della storia dell'uomo, – continuò a raccontare l'omiciattolo, – è l'età di Mantus. Quell'epoca è durata dieci secoli, e ha segnato il passaggio di tutte le cose esistenti, dalla felicità delle origini all'infelicità che preannuncia la morte. Ma le epoche del mondo sono cinque: e il mio primo predecessore spiegò a Tarchon che mentre Mantus dava i nomi alle cose, la sua ombra Mania aveva continuato a riflettere, tracciando certi segni nel cielo che poi subito cancellava. Quando il dio del nulla ebbe finito di compiere la sua opera, Mania gli indicò una roccia, gli chiese: come si chiama quella roccia? Quella, rispose Mantus, è il granito. Allora l'ombra, che aveva inventato la scrittura, scrisse sul granito una parola di sette lettere: granito, e la morte entrò nel granito, che si sgretolò fino a diventare ghiaia e polvere. Poi l'ombra scrisse, una dopo l'altra, tutte le parole. Scrisse accanto alle pietre i nomi delle pietre, accanto agli alberi i nomi degli alberi e accanto agli animali i nomi degli animali: e il mondo si riempí di parole scritte, cioè di involucri vuoti e affamati di vita».

«Fu allora, – disse Aisna, – che la morte si impadroní di tutti gli esseri esistenti; e anche gli uomini se ne resero conto quando Mania incominciò a scrivere i loro nomi nel cielo notturno. Incominciarono a morire e a morire, e il buio della notte si riempí di piccolissime luci, dette stelle, che erano quanto rimaneva di ciascuno di loro. Nacquero altri uomini che si chiamarono con nomi nuovi e diversi, o anche con gli stessi nomi che erano appartenuti ai defunti; ma Mania scriveva e scriveva nel cielo pieno di stelle, e gli uomini continuavano a morire».

L'uomo-scimmia fece una pausa per riprendere fiato. Soltanto allora mi accorsi che il giorno era arrivato alla fine: il sole era scomparso dietro la collina, e dal torrente veniva su una specie di nebbia, che faceva rabbrividire i nostri cavalli. «La seconda epoca del mondo, – disse Aisna, – è stata l'epoca di Mania, ed è durata circa mille anni come la precedente. La terza epoca è quella dei Rasna, che il primo sacerdote di Velthune annunciò al contadino Tarchon e che è finita stasera, quando Tinia (il Sole) è sceso dietro l'orizzonte. L'età della ragione e della gioia di vivere. Nessun popolo, in futuro, riuscirà a tenere a bada l'infelicità e perfino la morte come abbiamo fatto noi! Noi Rasna abbiamo costretto anche la scrittura a servire alle necessità della vita, cosí come abbiamo costretto i veleni a guarire le nostre malattie. Tutto ciò che sappiamo ce l'ha rivelato Velthune. Alcuni dei nostri Libri Sacri ci insegnano a leggere il futuro nei tuoni, nei fulmini, nelle viscere degli animali, nel volo degli uccelli e nello stormire delle fronde mosse dal vento. Altri Libri ci aiutano a capire i prodigi, a misurare il tempo, a fondare le città; a curare gli infermi e a comunicare con i morti. I Romani, che oggi dominano il mondo, hanno voluto trascrivere i nostri Libri Sacri nella loro lingua, per prevedere il futuro con le nostre arti divinatorie e per guarire le malattie con le nostre scienze della natura. Ma i Libri Sacri, in latino, sono morti. La scienza dei Rasna è morta».

Era già buio, quando finalmente entrammo nella capanna di Aisna, illuminata e riscaldata da un bel fuoco di legna. Al centro della stanza c'era un tavolo con sopra due candele accese, e accanto al tavolo c'era una vecchia che tagliava del pane. In fondo alla stanza, su due trespoli, vedemmo per un istante gli uccelli che ci avevano guidati fin lí, cioè l'arac e l'antar; poi non li vedemmo piú, perché la vecchia andò a tirare una tenda che ce li nascose. Quando ritornò accanto al tavolo, la osservai alla luce delle candele. Le sue guance erano una ragnatela di rughe, e il suo corpo era avvolto in una tunica nera lunga fino ai piedi, con un cappuccio dello stesso colore che le copriva i capelli e la fronte. La salutammo e non ci rispose. Credo che ci ignorasse di proposito, perché eravamo stranieri; ma il sacerdote di Velthune, dopo averla abbracciata e baciata, la fece voltare dalla nostra parte e la costrinse a guardarci.

«Questi uomini, – le disse, – sono amici, che hanno fatto un lungo viaggio per venire a parlarmi e che passeranno la notte nella nostra capanna. E questa, – aggiunse rivolto verso di noi per completare le presentazioni, – è mia madre Ramutha: una delle donne piú belle che siano mai esistite nella dolce terra d'Etruria! Da giovane, è stata sacerdotessa di Turan. I suoi occhi erano luminosi come il sole, e scaldavano il cuore di chi li guardava. Poi, quando la dea le ha concesso di tornare a vivere nel mondo e di avere una famiglia propria, è diventata la moglie dell'Aisna allora in carica, cioè di mio padre. Da lui ha avuto quattro figli, tra cui me. Alla morte di mio padre, era ancora una donna molto bella. Perciò io ho voluto che mi rimanesse accanto e che fosse mia moglie e lei, da me, ha avuto altri quattro figli: due maschi e due femmine. Una delle femmine è Velia, che voi conoscete e che, secondo gli anziani di Sacni, è cosí simile a Ramutha giovane da essere per loro motivo di turbamento ogni volta che la vedono».

Scoppiò a ridere, di fronte ai nostri occhi spalancati e alle nostre facce impietrite dallo stupore. «Lo so, lo so, – disse quando tornò serio, – che nella vostra società i matrimoni fra consanguinei sono stati banditi, e che voi, ora, state pensando che sono un pazzo, o un selvaggio, o tutt'e due le cose assieme. Pensate un po' quello che vi pare! Io so piú cose di quante voi possiate impararne non in una sola vita, ma in dieci...»

Ci sedemmo sulle panche che erano accanto alla tavola. Tirammo fuori dalle bisacce le provviste che avevamo portato fin lí e che, se la memoria non mi inganna, erano del formaggio di pecora e delle olive salate. Avevamo anche un piccolo otre pieno di un vino locale, chiamato falisco, che bevemmo fino all'ultima goccia. Aisna era seduto a capotavola, sopra una specie di trespolo che lo faceva sembrare alto come noi. Mecenate, alla sua sinistra, per tutta la durata della cena continuò a parlare di Velia e del suo amore per Velia, e gli disse anche che voleva dargli una grossa somma di denaro, perché liberasse sua figlia dall'obbligo di servire la dea; ma lui si limitò a sorridergli di tanto in tanto, e a fare segno di sí con la testa. Virgilio e io mangiammo in silenzio. Quando la cena fu finita, il padrone di casa saltò giú dallo sgabello e andò a raccogliere, nel camino, un pezzetto di carbone di legna. «Voi credete che la scrittura serva a vincere il tempo, – esordí, senza che noi avessimo detto niente in proposito, – e che gli dei ve l'abbiano concessa in un momento di particolare benevolenza, per rendervi partecipi della loro eternità: ma posso dimostrarvi che siete in errore. La scrittura è stata inventata da Mania, la dea delle ombre e della menzogna; e il démone che la governa è Tuchulcha, il dio-cadavere, l'essere piú malvagio con cui i Rasna abbiano dovuto lottare nei dieci secoli della loro esistenza».

«La scrittura uccide, – continuò Aisna, mostrandoci il pezzettino di carbone che teneva fra le dita. – Per darvene la prova, scriverò i nomi di tre persone che in questo momento sono vive. Anzitutto, il mio vero nome».

Scrisse sul muro un nome d'uomo con le lettere rovesciate, e tornò a guardarci con aria di trionfo. «Ecco, – ci disse: – mi sono consegnato volontariamente a Tuchulcha. Sono morto! »

Rise forte, come se avesse detto qualcosa di molto spiritoso. Noi tre eravamo impietriti (io, per lo meno, lo ero senz'altro). Che significato aveva quella messinscena? Perché l'uomo-scimmia voleva spaventarci, ora che ci aveva fatti arrivare fin lí e ci aveva messo a disposizione la sua capanna per passare la notte? Lui, invece, sembrava entusiasta di ciò che stava facendo. Chiamò la madre-moglie-governante: «Ramutha! Dove sei andata a cacciarti?»

Le mostrò il carboncino che aveva in mano e le disse alcune parole nella loro lingua. Lei spalancò gli occhi e fece segno di no con la testa; ma il piccolo Aisna, continuando a ridere, scrisse sul muro anche il nome della vecchia con le lettere rovesciate: ahtumar.

«Chi va nel Regno di Mantus, – ci spiegò, mentre sua madre scoppiava in singhiozzi, – ha bisogno di avere con sé delle persone conosciute. Aita e Charun e Tuchulcha fanno meno paura se si è in compagnia; e c'è anche il problema di sistemarsi, laggiú al buio, e di mettere su casa. Il mondo dei morti ha le sue difficoltà, che non sono molto diverse da quelle del mondo dei vivi...»

Tornò a voltarsi verso la parete. Scrisse un ultimo nome, di sole cinque lettere, e buttò il carbone nel fuoco.

«Maledetto storpio, – gridò Mecenate, quando si fu reso conto che quelle lettere componevano il nome (capovolto) di Velia. – Cos'hai fatto? Se succederà qualcosa alla ragazza, giuro che...»

«Non giurare, – gli rispose l'omino. – Tu, forse, a Roma sei una persona importante; ma nella mia capanna non sei nessuno, e non puoi farmi nulla».

Andò a staccare da dietro alla porta una tebenna, e se

la buttò sulle spalle. «Ora Ramutha vi mostrerà i vostri letti, – ci disse, – e io, invece, andrò nel bosco a incontrare Tuchulcha. Lo sentite? Insieme a lui ci sono le tre ancelle di Aita, quelle che i Romani chiamano Parche: e stanno gridando il mio nome...»

Durante la notte fui tormentato dagli incubi. Per ore, alternai momenti di sonno, in cui vedevo esseri mostruosi: Aita, Tuchulcha e il piccolo Aisna che lottava con loro, a momenti piú lunghi di veglia. Ascoltai lo scroscio del torrente, i richiami degli uccelli notturni e il fracasso che facevano Mecenate e Virgilio continuando a muoversi sui loro rumorosissimi paglericci, imbottiti di foglie secche di quercia. Soltanto un'ora prima dell'alba il mio respiro si fece pesante e le allucinazioni della notte lasciarono il posto al sonno senza sogni che precede il risveglio. Quando riaprii gli occhi, il sole era già alto sopra l'orizzonte. Fuori della capanna, le voci della foresta (i canti degli uccelli, il ronzio delle api, il rumore del torrente) sembravano appartenere a un'epoca lontana e felice: a quell'età di Saturno, detta anche età dell'oro, in cui il mondo, ancora, non era stato contagiato dall'infelicità degli uomini. Vidi che i miei compagni erano già in piedi. Mecenate canticchiava l'aria di una commedia mentre si allacciava il cinturone; Virgilio aveva aperto la finestra, e guardava fuori.

«Finalmente ti sei deciso a svegliarti! – scherzò Mecenate. – Ci hai impedito di dormire per tutta la notte, girandoti e rigirandoti su quel tuo pagliericcio; e adesso che è arrivato il momento di andarcene, credevamo di doverti lasciare qui...»

Tornammo nella stanza dove avevamo cenato. Il fuoco era spento, ma Ramutha era ancora rannicchiata in un angolo del camino, con la testa fra le braccia come se stesse dormendo. La salutammo e non ci rispose; la toccammo, e ci rendemmo conto che doveva essere morta già da alcune ore, perché le sue membra erano rigide. Ci guardammo esterrefatti. Davvero, era stata la scrittura a ucciderla? La luce trionfante del giorno, intorno a noi, faceva sembrare ridicola quell'ipotesi, che apparteneva, semmai, agli incubi della notte... La vecchia, disse Mecenate, era morta perché era vecchia! L'antar e l'arac continuavano ad agitarsi dietro alla loro tenda, e decidemmo di liberarli. Prima di andarcene, però, dovevamo ancora seppellire Ramutha. Le leggi divine e umane sull'ospitalità ci obbligavano a renderle quell'ultimo servizio; e, siccome non avevamo né il tempo né gli attrezzi per scavarle una vera tomba, la bruciammo davanti alla capanna dov'era vissuta, su una catasta fatta con tutte le fascine e con tutti i tronchi che trovammo lí fuori. (Ricordo che la cosa piú difficile fu accendere il fuoco. Soltanto dopo aver assistito a lungo ai nostri sforzi di persone inesperte, il dio Efesto si impietosí e ci regalò la scintilla che fece divampare le fiamme).

7.
«Finis Etruriae»

Tornammo a Sacni orientandoci con il sole, ma incontrammo sul nostro cammino un torrente gonfio d'acqua, che ci costrinse a una lunga deviazione per raggiungere il ponte. Arrivammo all'ora del tramonto e fummo sorpresi di vedere che, sulle porte di quasi tutte le case, era stato appeso un segno di lutto: un nastro nero, oppure un ramo di pungitopo o di rosa canina, con le sue bacche rosse di malaugurio. Ci chiedemmo chi potesse essere morto durante la nostra assenza; e, naturalmente, pensammo anche al sacerdote di Velthune. Forse, quei nastri neri e quei rami carichi di bacche erano esposti in suo onore; ma come facevano gli abitanti di Sacni a essere informati di una morte che, se davvero era avvenuta, era avvenuta in mezzo alla foresta, a una giornata di cammino da lí? Per strada, e dietro le finestre, non c'era nessuno a cui potessimo rivolgerci per avere una spiegazione di ciò che vedevamo. Finalmente, nei pressi della nostra locanda, incontrammo l'aiuto-sacerdote Lars. Fu lui a dirci che Velia era stata uccisa durante la notte, e che, secondo il responso degli aruspici, la sua fine veniva a coincidere con qualcosa di ancora piú tragico: addirittura, con la fine della nazione etrusca! (Della morte di Aisna, invece, ci sembrò che non sapesse nulla).

«Quasi tutti gli abitanti di Sacni, – disse Lars, – in questo momento sono sulla spianata dei templi e fanno quello che si fa in ogni funerale, cioè mangiano, bevono e parlano delle loro faccende. Ma la salma della defunta è stata portata dentro al tempio di Mantus, e il vero rito funebre verrà celebrato questa notte, secondo le antiche tradizioni del nostro popolo: con quei rituali che da molto tempo, ormai, sono caduti in disuso, perché le leggi di Roma li hanno messi al bando...»

«Lascia stare le leggi di Roma, – gli intimò Mecenate; che, quando qualcosa lo turbava, finiva sempre per reagire arrabbiandosi con qualcuno. – Sono io, qui, la legge di Roma!» Si rivolse a Lars in tono di minaccia. «Voglio l'uomo che ha ucciso Velia, – gli disse. Farò bruciare queste foreste e spianare queste montagne, se non si troverà l'assassino!»

L'aiuto-sacerdote si portò una mano alla fronte, nel gesto di chi ha dimenticato qualcosa. «Ancora non ve l'ho detto? Velia è stata pugnalata da quella ballerina greca che era insieme a voi quando siete arrivati a Sacni. La mima Tecmessa...»

Ci raccontò che la sera del giorno precedente, nella città sacra dei Rasna c'era stato un temporale improvviso, e che un fulmine era entrato nel tempio di Velthune: un fatto raro, difficile da interpretare e sicuro annuncio di terribili disgrazie. Finito il temporale, un giovanotto barbuto si era presentato all'ingresso della casa-tempio delle sacerdotesse di Turan mostrando il contrassegno degli auguri di Feronia, e aveva chiesto (e ottenuto) di parlare con Velia. Si erano sentite grida e invocazioni di aiuto nella stanza della ragazza; erano accorsi i guardiani, e avevano riconosciuto Tecmessa che, scappando, aveva lasciato cadere un pugnale e una barba finta. L'avevano inseguita nei vicoli dietro le Terme, ma lei gli aveva fatto perdere le sue tracce e doveva avere abbandonato la città già prima dell'alba, perché nessuno piú era riuscito a trovarla. «L'abbiamo cercata dappertutto, – disse Lars, – e le ricerche sono continuate per tutta la giornata di oggi, ma non hanno dato risultati. L'assassina di Velia non è piú a Sacni».

Ci incamminammo a piedi nell'ultima luce del giorno, dopo aver lasciato i cavalli nella stalla della nostra locanda. Davanti a noi, su un orizzonte incupito da nuvole basse e scure, vedevamo correre i lampi (e, nelle nostre orecchie, sentivamo rumoreggiare i tuoni) di un temporale lontano. Arrivammo alla spianata dei templi nel momento in cui si accendevano le torce dell'illuminazione pubblica, e i portatori di fuoco si spostavano da un lampione all'altro in mezzo alla folla, continuando a gridare: «Tai verse!», attenti al fuoco. Come ci aveva detto l'aiuto-sacerdote Lars, quasi tutti gli abitanti di Sacni erano laggiú, attorno alle tavole imbandite per il banchetto funebre. C'erano i padroni e i servitori della nostra locanda e anche molte altre persone con cui avevamo avuto modo di parlare nei giorni e nelle settimane precedenti: sacerdoti, artigiani, bottegai... C'erano gli allievi e i maestri della scuola degli auguri, e gli ammalati venuti da ogni parte dell'Etruria per curarsi con le acque del dio Velthune. Tutti si cercavano e si chiamavano per fare festa, e tutti facevano festa per farsi coraggio, perché questo, da sempre, è l'atteggiamento dei Rasna di fronte alla morte. Credono di dover spaventare i démoni dell'Oltretomba per tenerli lontani. Invadono tutti insieme la notte, che è il regno di Aita, di Charun e di Tuchulcha, e costringono i signori della morte e delle tenebre ad assistere al trionfo (effimero) delle loro (effimere) vite...

Se chiudo gli occhi, rivedo la grande piazza dentro a un

cerchio di luce, e accanto alla piazza vedo i templi di Velthune e di Northia, un po' in penombra, con i loro tetti affollati di statue. Risento, intorno a me, l'eccitazione della folla: un'eccitazione provocata, oltre che dalla musica e dal vino, anche dalla vicinanza, e direi quasi dalla presenza, di quel mondo apparentemente vuoto e buio, su cui i vivi sono costretti ad affacciarsi ogni volta che devono prendere congedo da qualcuno che si è trasferito laggiú. Quella notte, a Sacni, io ho avuto l'impressione di tornare indietro nel tempo, fino a un'epoca che conoscevo, perché c'ero vissuto, in cui i funerali dei morti erano stati un'esplosione di vita. (Cioè, in pratica, di violenza e di sesso). Sapevo già cosa doveva succedere. Si bevevano vini dolci e vini affumicati, e si mangiavano dei cibi in cui erano state tritate certe erbe e certe radici, che ti facevano sentire stordito e felice. La musica dei flauti e degli altri strumenti ti entrava nella testa attraverso le orecchie come il vino di un'anfora entra in una brocca, fino a riempirla completamente. Restavi senza pensieri. Ti muovevi nella luce delle torce, e intorno a te si muovevano centinaia di corpi come il tuo, che non appartenevano piú a nessuno: soltanto alla musica...

Voglio fare una precisazione. Io, Timodemo, nato greco e venuto in Italia per essere venduto a Napoli sul mercato degli schiavi, voglio dire che non avrei mai pensato di dover dedicare, un giorno, il mio tempo e i miei pensieri a un dio chiamato Velthune, e che quel dio si sarebbe servito di me per realizzare i suoi progetti; invece è successo. Prima di mettermi in viaggio verso Sacni con i miei amici e protettori, io ignoravo perfino i nomi di Velthune e di Northia, e l'idea di dover partecipare alle vicende del popolo etrusco non poteva nemmeno sfiorarmi. Che rapporti avevo mai avuto, io, con quel popolo? Anche all'epoca dei fatti di cui sto parlando, mentre mi trovavo a Sacni, ero convinto di essere lí per caso, e che tutto ciò che vedevamo riguardasse soltanto Virgilio. Era lui che doveva cercare, nel passato dei Rasna, qualcosa che servisse a ravvivare le antiche leggende e a dare ali a un nuovo mito, ancora piú grande di quello del grande Alessandro. Lui solo avrebbe potuto raccontare lo sbarco dei Lidi nel Lazio: il vero sbarco, con tutto ciò che era poi accaduto nei giorni e negli anni successivi; e avrebbe potuto rendere immortali i suoi personaggi, come Omero aveva fatto con Achille, e Sofocle con Edipo! Lo sterminatore Eneas, il fratricida Romul, grazie a lui sarebbero vissuti in eterno, nel ricordo dei posteri... Le cose, invece, sono andate in un altro modo. La vera storia dei Rasna (e delle origini di Roma) aspetta ancora di essere raccontata. Quante volte, in questi anni, ho provato l'impulso di scriverla io! E quante ore ho trascorso a fissare il bianco di un foglio di pergamena, pensando a ciò che avrebbe potuto prendere vita su quel foglio, se Velthune avesse voluto aiutarmi... (Ma poi, quando incominciavo a scrivere le prime frasi, sentivo che il dio mi abbandonava: perché? Perché l'autore della nostra storia non vuole che io racconti quello che lui stesso mi ha fatto conoscere? Che significato ha avuto la mia presenza a Sacni accanto a Virgilio, e cosa ci si attende da me?)

La nazione etrusca, ormai, non esiste piú. Anche se un numero sempre piú grande di Romani si rivolge agli aruspici per farsi spiegare il futuro, e compera a caro prezzo i mobili e gli oggetti d'arte che vengono dalla terra dei Rasna: dai suoi palazzi rovinati e dalle sue tombe saccheggiate, dove si trovano gioielli, statue e vasi vecchi di trecento, di cinquecento e perfino di settecento anni. Anche se la via principale dei commerci e dei traffici, nella città capitale del mondo, è il vico Tusco (etrusco); e anche se il mio amico Virgilio, nel suo poema sulle origini di Roma, ha fatto discendere Augusto da Eneas. La storia dei Rasna è finita. E io, Timodemo, sono l'unico che potrebbe parlarne, se gli dei mi aiutassero...

Di quel funerale di Velia ricordo i cibi e il vino, che scendeva nello stomaco come fuoco. Ricordo le luci e le ombre e la musica ossessiva. Uomini e donne si irrigidivano e cadevano a terra, o continuavano a girare su se stessi come trottole, ripetendo sempre la stessa piroetta e gli stessi gesti finché non interveniva qualcuno a portarli via, per evitare che cadessero e si ferissero. Poi i flauti e gli strumenti a corda smisero di suonare e gli ultimi ballerini abbandonarono il centro della spianata, sorretti da amici e parenti. Si sentirono nel buio i latrati dei cani feroci, e le voci dei condannati a morte che gridavano, battendosi i pugni sul petto: «Io sono forte, e nessuno mi può vincere!»

«Attento, Charun: sto per mandarti un uomo in maschera!»

«Dedico ad Aita la maschera dell'uomo che sto per uccidere. In quanto all'animale, cane o orso che sia, offrirò il suo sangue alla Madre Terra tra pochissimi istanti!»

Mi toccò assistere di nuovo, e come in sogno, a quella lotta dei condannati a morte contro le belve di cui Mecenate ci aveva già dato un assaggio ad Arezzo, facendo sbranare da un cane il suo amministratore Clodio Silano. Vidi passare, alti sopra un carro, due uomini bendati con in mano una clava che dovevano affrontare, il primo un orso, e il secondo una coppia di cani feroci. (Anche le belve, con le rispettive Maschere, fecero poi il giro della piazza sopra altri due carri). Attorno a noi, la gente sembrava impazzita. Tutti gridavano e facevano scommesse; tutti spingevano per avvicinarsi ai luoghi dove si sarebbero svolti i combattimenti, e quando gli uomini e gli animali scesero dai carri io non vidi piú niente, soltanto le teste e le schiene di quelli che mi stavano davanti. Sentivo da lontano il rumore dei colpi di clava, seguito dalle grida di incitamento delle persone che erano nelle prime file, e dai ruggiti e dai gemiti degli animali feroci. Ascoltavo le voci degli scommettitori, che però parlavano (anzi: urlavano) soltanto in etrusco. Il vino che avevo bevuto mi faceva stare male, la luce delle torce mi accecava. Alla fine, ci fu tra la folla un gran movimento di piedi e di gomiti, e vidi passare due inservienti che trascinavano fuori della piazza il corpo senza vita dell'orso. Era stato ucciso, sentii dire, dagli stessi uomini che ora lo portavano via, perché, dopo avere sbranato il condannato a morte, aveva ferito gravemente anche la Maschera. Dell'altro condannato a morte (e dei cani) non so dire nulla.

Poi vidi sorgere, al centro della piazza, la catasta di legna resinosa... Il tempo, che in certi momenti di quella lunga celebrazione funebre aveva rallentato il suo corso fino quasi a fermarsi, ora sembrava avere ripreso un andamento normale. Quando arrivò il corpo della defunta, portato a spalla dagli allievi sacerdoti della scuola degli auguri, le stelle si erano già sbiadite sopra i tetti dei templi, e un leggero soffio di vento muoveva le foglie delle querce ai margini del bosco. Era la decima ora della notte, quella che precede l'alba. I timpani (tamburi) battevano un ritmo lento come il pulsare di un cuore; poi ai timpani si aggiunse la musica di un flauto e una voce d'uomo incominciò a cantare da qualche parte nel buio, finché gli risposero altre due voci, di una donna e di un altro uomo. Allora io mi sentii invadere da una sensazione acuta e struggente di rimpianto, per qualcosa che aveva fatto parte di me e che ormai non esisteva piú; e sentii che gli occhi mi si riempivano di lacrime. Quello che stavo ascoltando per l'ultima volta era il canto dell'Etruria libera e felice: delle sue foreste, dei suoi pascoli, dei suoi campi ondeggianti di messi, delle sue miniere e delle sue fabbriche. Delle sue Dodici Città, che erano state grandi e splendide quando ancora Roma era un villaggio abitato da barcaioli e da pastori, vicino al traghetto di un fiume. Rividi (o, forse, immaginai, seguendo il filo di un ricordo perduto) una serie infinita di uomini e di donne che avevano assistito infinite volte al sorgere e al tramontare del sole, che avevano nuotato nei fiumi e navigato nei mari, che avevano provato l'invidia, l'amore, l'odio e ogni altro genere di passioni, e che al termine della loro esistenza si erano dissolti, con i loro pensieri e con le loro storie, nelle stelle e nel vento...

(Cos'era rimasto di loro? E cosa rimarrà di Timodemo, quando la Moira si sarà decisa a spezzare il filo di quest'unica vita che è veramente sua, fra le tante che Velthune gli ha fatto conoscere?)

Quella canzone mi turbò e mi lasciò profondamente commosso; ma poi suonarono le trombe, tornarono a echeggiare i timpani e vicino alla catasta della defunta apparvero i sacerdoti di un rito che io credevo potesse esistere soltanto nelle fantasie degli adolescenti, e che i Rasna chiamano «zeri» (danza). Erano otto: quattro donne e quattro uomini, vestiti con mantelli leggeri e con tuniche corte. Incominciarono a girarsi attorno e a studiarsi, muovendo le mani e la testa in un certo modo, che evocava nella memoria il guizzare dei rettili. Anche la musica era diventata lenta e sensuale: i flauti seguivano il respiro dei ballerini, le nacchere erano il movimento delle loro caviglie, i timpani erano il battito discorde dei loro cuori. Si fissavano, come il serpente fissa la preda che sta per inghiottire; si sfidavano, scambiandosi parole (forse insulti) che io non potevo ascoltare, e che comunque non avrei capito. Lo zeri è un rito d'accoppiamento, ma non ha in sé niente di volgare o di brutale; al contrario, è la messa in scena di un desiderio, la cui soddisfazione sarà tanto piú rapida e priva d'importanza quanto piú a lungo verrà rinviata nel tempo. Dopo un numero quasi infinito di giravolte, i vestiti caddero per terra, a uno a uno, e i corpi dei sacerdoti e delle sacerdotesse apparvero nudi. Si vide, allora, che il sesso degli uomini era teso e gonfio come quello delle statue in legno del dio Priapo, che i contadini mettono a guardia dei loro campi. Uomini e donne continuarono a incalzarsi e a schivarsi, toccandosi, respingendosi, mentre gli spettatori trattenevano il fiato e la musica era un'ansimazione lenta e cupa; poi le coppie si unirono, una dopo l'altra, in una sorta di spasimo che seguiva ancora le figure della danza. Si divisero, e una dopo l'altra uscirono dal cerchio di luce. Allora un uomo piccolo e gobbo, con in mano una torcia, si avvicinò alla catasta della defunta e le diede fuoco. Era il nuovo sacerdote di Velthune? (Io non so come, ma l'idea che Aisna fosse ancora vivo non riusciva a lasciarmi).

Vidi le fiamme che si propagavano fra i tronchi di pino, e poi si univano in un'esplosione di luce. Il fuoco divampò e crepitò a lungo, riverberandosi sulle facciate dei templi; e, insieme al fuoco, anche il nuovo giorno incominciò a far prevalere il suo chiarore su quello delle torce, finché la piazza si riempí di un fumo nero e denso, che sembrò far tornare indietro la notte. Allora noi che eravamo rimasti in quella piazza capimmo che la cerimonia funebre era finita, e che era arrivato il momento di andarcene. Tutto quello che doveva essere fatto era stato fatto, e tutto quello che doveva essere visto era stato visto.

Tornammo alla locanda nella prima luce dell'alba, senza dire nulla. Il nostro stato d'animo era quello di chi è sopravvissuto a un naufragio, e il nostro maggiore, anzi unico, desiderio, era essere lontani mille miglia da lí. Volevamo andarcene da Sacni, immediatamente! Svegliammo i nostri soldati, che in quella cittadina in mezzo ai boschi si erano annoiati a morte, e che furono felicissimi di tornare a Roma. Svegliammo anche i vetturini. Gli ordinammo di tirare fuori i carri dalla rimessa e di attaccare i cavalli. Pagammo il padrone della locanda. Nessuno si voltò per guardare indietro mentre ci lasciavamo alle spalle i vapori delle Terme di Sacni, luminosi nel primo sole del mattino, e le statue degli dei e dei dèmoni che brillavano sopra i tetti dei templi. Mecenate si era appartato nel primo carro, dopo aver detto al centurione Cuoricino che non voleva essere disturbato per nessun motivo; Virgilio si era seduto vicino al conducente del secondo carro e io, che mi ero sistemato dietro alle sue spalle, in mezzo ai nostri bagagli, ero cosí perso nelle mie meditazioni che mi addormentai quasi subito e mi svegliai soltanto alcune ore piú tardi, quando i miei compagni vennero a chiamarmi perché andassi a pranzo con loro.

Il viaggio di ritorno non ebbe storia. Ci furono le solite locande, con i soliti cibi (che però, a dire il vero, in Etruria erano quasi sempre buonissimi), le solite ragazzine e i soliti ragazzini per passarci le notti... Ogni sera, le nostre ossa erano a pezzi a causa delle cattive condizioni delle strade, e ogni mattina ci dicevamo che non saremmo piú stati in grado di sopportare un'altra giornata di sobbalzi e di scosse; ma le giornate passavano, una dopo l'altra, e noi continuavamo a viaggiare. Ad Arezzo, riabbracciammo i nostri compagni che erano rimasti laggiú, e che sembravano non aver sofferto troppo per la nostra mancanza. Sarmento era diventato il beniamino della buona società locale, conteso a pranzo e a cena da una quantità di persone che si adattavano a sopportare i suoi comportamenti villani e le sue beffe, pur di avere alla loro tavola un esperto degli usi della capitale e un amico di Mecenate. Tanai non era guarito del tutto e non sarebbe guarito mai piú (morí dopo pochi mesi, di quella stessa malattia che si era manifestata durante il nostro viaggio in Etruria e che i medici, a Roma, chiamavano ognuno con un nome diverso), ma faceva brevi passeggiate intorno ai bastioni della città e conversava di letteratura e di filosofia con un maestro di scuola, Igino Siculo, venuto ad Arezzo per insegnare il greco ai discendenti dei Rasna. Ninfa, infine, si era trovata un fidanzato di cinquant'anni piú anziano di lei: un proprietario terriero, lontano parente dei Cilnii, che le aveva regalato vestiti e gioielli per almeno centomila sesterzi, e avrebbe anche voluto sposarla. (Tutta Arezzo aveva riso per quello strano matrimonio, che poi non si fece. Soltanto gli eredi dello sposo, secondo ciò che si diceva in città, non si erano divertiti affatto).

Voglio completare questo racconto del nostro viaggio nel paese dei Rasna dicendo dove sono oggi, dopo quasi vent'anni, i miei compagni d'allora. Se sono vivi (almeno, per quanto ne so io), o se la Moira ha già provveduto a ghermirli, come ha fatto con Tanai e anche con Sarmento: che è morto in casa di Mecenate, a trentotto anni d'età, cadendo (credo) da una scala. Io non ero presente, ma mi è stato raccontato da persone degne di fede che lui, quel giorno, era molto ubriaco, e che, dopo essersi rimesso in piedi, si vantò di avere battuto la testa nel punto dove i sacerdoti etruschi percuotono con un martelletto i neonati, per stimolargli l'intelligenza. «Con il colpo che ho preso io oggi, – disse, – diventerò il piú grande sapiente di ogni epoca!» Invece, di lí a poco si sentí male e morí, senza avere avuto il tempo di aggiungere un'ultima spiritosaggine, e probabilmente senza nemmeno accorgersene.

Ninfa è scomparsa da Roma dopo l'omicidio del nobile Aurelio Sorano: un vecchio sporcaccione, che si divertiva a spiarla, e a spiare altre giovani donne come lei, mentre amoreggiavano tra di loro o con i suoi servi. Ricordo che, all'epoca dei fatti, si parlò di un furto per un valore di almeno cinquecentomila sesterzi, e che fu crocefisso uno schiavo di nome Crispino, accusato di essere l'esecutore del delitto e il complice della ladra. Lei invece (la ladra) riuscí a far perdere le sue tracce; e, insieme a lei, sparí anche una cassa piena di oggetti e di monete d'oro, che gli eredi del defunto hanno poi cercato per mare e per terra, senza piú trovarla...

Mecenate, se ancora è vivo (come io credo), continua ad abitare a Roma nel suo palazzo sul colle Esquilino; e, quando va a passeggiare nel Foro, cambia strada ogni volta che vede da lontano una sua ex amante, con cui non ha piú avuto rapporti dall'epoca del nostro viaggio in Etruria. Sto parlando, naturalmente, della ballerina Tecmessa: che ora si chiama Licinia, è vedova di un console e ha sposato in seconde nozze un nipote del romano piú ricco di ogni epoca, cioè del senatore Licinio Crasso, vissuto al tempo delle guerre civili tra Cesare e Pompeo.

Virgilio, infine, è morto mentre erano consoli Senzio Saturnino e Lucrezio Vespillo. Ma prima di parlare di lui e dei suoi ultimi giorni di vita, devo raccontare alcuni fatti che si verificarono dopo il nostro ritorno da Sacni, e che forse non sarebbero mai accaduti, se noi non avessimo conosciuto i segreti dei Rasna...

Sulla via del ritorno, nel tratto da Chiusi a Volsinii, ci capitò un'ultima avventura. In una foresta, mentre salivamo verso un valico di cui non ricordo piú il nome, fummo costretti a fermarci davanti a uno sbarramento di massi e di tronchi d'albero. Mecenate si mise a gridare: «È una vergogna! I vincitori dei Galli, e dei Germani, e di tutti i popoli del mondo, non riescono a liberarsi dei banditi sulla porta di casa!» Chiamò Cuoricino e gli disse qualche parola all'orecchio. I soldati entrarono nel bosco, e dopo poco tempo ricomparvero trascinandosi dietro due ragazzini terrorizzati, che potevano avere, al massimo, tredici o quattordici anni. Virgilio e io non credevamo ai nostri occhi: erano quelli, i briganti che avrebbero dovuto assalire il nostro convoglio? Piangendo come piangono gli scolari davanti alla frusta del maestro, i banditi-bambini confessarono di aver fatto parte di una banda di ragazzi rimasti senza genitori e senza casa, che si erano riuniti in quel bosco e derubavano i viandanti (quando ci riuscivano...)

Ricordo che Virgilio si impietosí di quei due poveracci, e che si offrí di prenderli con sé e di provvedere alla loro educazione, se fosse stato possibile salvargli la vita; ma Cuoricino non volle nemmeno ascoltarlo. Quei delinquenti, disse, erano stati catturati dai soldati di Roma mentre compivano un reato gravissimo, e dovevano essere giudicati e condannati per i loro delitti! Li fece attaccare all'ultimo carro della carovana e li condusse a Volsinii, dove li consegnò al comandante del presidio romano di quella città. Non so poi come si sia conclusa la vicenda, e che fine abbiano fatto i banditi-bambini; ma mi sembra ragionevole supporre che siano stati crocefissi lungo la via Cassia, perché servissero da esempio ai loro compagni rimasti liberi.

A poche miglia da Roma, facemmo un'ultima sosta per visitare le rovine di Veio. Me ne sarei forse dimenticato se non mi fosse accaduto di leggere, negli anni successivi, una bella rievocazione di Veio nelle *Elegie* di Sesto Properzio. «Oh, antica Veio! – dicono i versi di Properzio. – Anche tu sei stata un regno, e nel tuo Foro era visibile il trono d'oro dei tuoi re. Ora tra le tue mura risuona la búccina del lento pastore, e tra le ossa dei tuoi cittadini si mietono le messi». L'immagine di Veio che ci offrí invece Mecenate, quella mattina di un giorno di vent'anni fa, fu meno poetica ma altrettanto efficace. «Veio, – ci disse il nostro amico, indicando con il braccio un paesaggio ingombro di rovine a perdita d'occhio, – è stata una delle città piú importanti del mondo antico, e anche delle piú popolose. Si calcola che nel momento del suo massimo splendore contasse non meno di centomila abitanti: la stessa popolazione di Atene! Solo Tarquinia, fra le città etrusche, fu piú potente di questa che ora vedete ridotta in macerie, e solo Cere con i suoi tre porti fu piú popolosa e piú ricca. Roma, allora, era un gruppo di capanne tra le paludi del Tevere, e i suoi abitanti guardavano da lontano e con timore alle mura di Veio, alte sulla pianura e sugli acquitrini. Quella grandezza, però, è venuta meno nel corso dei secoli, e ciò che oggi resta di Veio è un villaggio circondato da una necropoli: un villaggio ancora piú piccolo e piú povero di com'era Roma all'epoca della sua fondazione...»

8.
L'*Eneide*

Ci fermammo pochi giorni nella capitale e poi proseguimmo per Napoli. Virgilio, ormai, intendeva dedicare tutti i suoi pensieri e tutto il suo tempo alla realizzazione del poema che gli era stato richiesto, e che avrebbe dovuto dare voce a un nuovo mito: quello di Roma imperiale! Perciò aveva bisogno di ritornare a Pozzuoli, tra le presenze familiari dei suoi libri e dei suoi domestici; e aveva bisogno di vedere davanti a sé, ogni mattina, quel golfo di Napoli che era l'unico posto al mondo (riferisco le sue stesse parole) dove lui si sentiva finalmente a suo agio, con sé stesso e con gli altri...

Era un autunno caldo e dorato. Facevamo delle lunghe passeggiate, a piedi e senz'altra compagnia che quella di Argo: un cane nero, a cui il mio padrone aveva voluto dare lo stesso nome del cane di Ulisse. Camminavamo attorno al lago d'Averno, e parlavamo di quella lunghissima notte (mille anni!) che avevamo vissuto a Sacni, nei sotterranei del tempio di Mantus. Confrontavamo i nostri ricordi. Anche Virgilio, ormai, si era convinto che Roma era stata una città etrusca, e che la sua storia era un rivolo della storia dei Rasna; ma, a differenza di Mecenate, lui credeva che quella discendenza andasse tenuta nascosta. Il vero Eneas era impresentabile. La realtà, mi diceva il mio padrone in quei giorni d'un autunno di tanti anni fa, è sempre impresentabile; e l'arte esiste anche per questo scopo specifico, di renderla migliore e degna di essere raccontata. Quegli uomini che noi avevamo visto mentre sgozzavano i lattanti in braccio alle madri, e mentre compivano ogni genere di delitti, forse erano stati davvero i fondatori di Roma o gli antenati dei fondatori; ma non potevano, in nessun modo!, essere i protagonisti del suo poema. Non avevano niente a che fare con la sua idea di poesia...

«La poesia, – diceva Virgilio, accalorandosi, – deve mostrarci la parte migliore dei nostri sentimenti, cosí come la pittura e la scultura ci mostrano l'armonia dei nostri corpi: e, se anche qualche volta ne rappresentano la deformità, lo fanno solo per dare ancora piú risalto alla bellezza... Per guardarci come siamo fatti davvero, bastano gli specchi!»

Io ascoltavo e non ero convinto. «Omero, – gli facevo osservare, – doveva avere, sulla poesia, delle idee un po' diverse dalle tue; perché se avesse voluto mostrarci gli aspetti migliori della natura umana, ci avrebbe dato un Achille piú pietoso, e un Ulisse piú leale e piú giusto... E nemmeno Eschilo e nemmeno Sofocle, a mio avviso, si sono mai posti i problemi che ti poni tu!»

«È vero, – ammetteva Virgilio. – Gli artisti, nelle epoche passate, si sono sforzati soprattutto di dare emozioni al loro pubblico, e non hanno fatto quasi niente per migliorarlo. Forse si illudevano che gli uomini avrebbero finito per correggersi da soli, riflettendo sui loro sbagli e sulle tragedie di cui sono intessute le loro vite; ma, purtroppo, le cose sono andate in un altro modo. La ferocia e la follia, invece di diminuire con la civiltà, sono cresciute con lei; e la nostra epoca, tanto piú colta e progredita delle epoche precedenti, ha dovuto assistere, in Italia, agli orrori delle guerre civili!»

Un argomento ricorrente nei nostri discorsi era l'infelicità degli uomini, che è la conseguenza dei loro comportamenti irragionevoli; ma ne parlavamo soltanto quando non c'era nessuno che potesse ascoltarci, perché l'infelicità, allora, sembrava scomparsa dal mondo. Gli uomini, in quegli anni di fervore e di crescente benessere che seguirono alla vittoria di Ottaviano su Antonio, pensavano che tutto, ormai, dovesse andargli a buon fine, e prendevano ogni genere di iniziative: aprivano nuovi empori e nuovi cantieri, studiavano, viaggiavano, si sposavano, facevano figli. Le città erano piene di figli, di soldi, di cantieri, di scuole, di traffici, di cose che prima non c'erano e che crescevano da un giorno all'altro, con la stessa rapidità con cui crescono i funghi dopo le piogge d'autunno. Tutto si muoveva e si trasformava. Non passava quasi giorno senza che venisse inventata una nuova macchina, o che nascesse una nuova scuola di pensiero, o che si vedesse per strada un nuovo modo di vestire o di pettinarsi. In politica uscivano di scena, una dopo l'altra, le grandi famiglie dell'aristocrazia senatoria, quelle che a Roma avevano dettato legge per secoli; e a comandare le province, e l'esercito, andavano certi personaggi che non si erano mai sentiti nominare prima d'allora, e che non si sapeva chi fossero e da dove venissero. Anche il nuovo padrone del mondo (l'ho già detto) era un uomo venuto da Aricia, cioè dal nulla; e anche il discendente dei re di Arezzo, Mecenate, per il popolo di Roma era soltanto un etrusco, anzi: l'Etrusco...

Il declino di Mecenate avvenne senza ragioni apparenti, e fu molto rapido; forse, ancora piú rapido della sua salita al potere, negli anni che erano seguiti all'assassinio di Cesare. Dopo la vittoria di Azio, Ottaviano celebrò, uno dopo l'altro, ben due trionfi nel Foro, e si fece attribuire dal Senato quel titolo di Augusto, che doveva sostituire il suo vecchio nome. Da quel momento, fu come se fosse nata un'altra persona. Augusto, infatti, incominciò a guardare con diffidenza, o addirittura con ostilità, proprio i suoi amici d'un tempo: le persone che avevano rischiato la vita per aiutarlo negli anni della guerra civile, e che ora pensavano di dover cogliere insieme a lui i frutti della comune vittoria. La sua prima vittima fu Cornelio Gallo: un ex amico (e amico di Mecenate e di Virgilio) che Ottaviano aveva mandato a governare l'Egitto, e che Augusto fece richiamare a Roma per accusarlo (ma l'accusa era certamente falsa) di avere complottato contro la sua persona. Non volendo morire per mano d'altri, Cornelio Gallo preferí tagliarsi le vene da sé; e Mecenate capí che se non avesse fatto qualcosa, e non l'avesse fatta in fretta, il prossimo a doversi tagliare le vene sarebbe stato lui. Con un grande banchetto, festeggiò il suo abbandono della vita pubblica; ed ebbe anche l'accortezza di rimandare ad Augusto il centurione Cuoricino e i soldati che gli erano stati assegnati perché vegliassero sulla sua incolumità. («In questa Roma che dopo un secolo di guerra, – scrisse al principe, – finalmente si gode la pace per merito tuo, nessuno piú oserà colpire un tuo amico. Per difendermi, mi basta la tua amicizia: non mi occorre altro!») Quei gesti teatrali, con ogni probabilità gli salvarono la vita, ma non servirono a conservargli il favore di Augusto: a cui il significato della parola amicizia era, ed è, sconosciuto. Tutti quelli che vivono intorno a lui, vivono nel timore; e nessuno che oggi è nelle sue buone grazie può essere sicuro che lo sarà anche domani. Fu allora, se la memoria non mi inganna, che a Roma incominciò a circolare il proverbio: «Se vuoi avere un amico, compra un cane».

Virgilio era amareggiato. Capiva (come tutti, del resto) che Mecenate stava attraversando un momento difficile, e avrebbe voluto aiutarlo; ma l'unica cosa che poteva fare per lui era continuare a dimostrargli il suo affetto e la sua solidarietà mentre tutti, o quasi tutti, gli voltavano le spalle. Di tanto in tanto andava a Roma a trovarlo e io, naturalmente, lo accompagnavo. Il palazzo di Mecenate all'Esquilino, che era stato il ritrovo di tutti gli artisti della capitale e che aveva assistito ai festini di Terenzia con i vincitori dei giochi del circo, sembrava, ed era di fatto, una dimora di fantasmi, anziché di uomini vivi! Terenzia era quasi sempre a Formia, in una villa del padre. Il locale delle letture pubbliche al piano terreno era frequentato quasi esclusivamente dai ragni, ma il padrone di casa continuava a comportarsi con i suoi rari ospiti come se lui, Mecenate, e il suo auditorio, fossero stati ancora al centro della vita culturale di Roma. Diceva di avere smesso di occuparsi di politica a causa della salute, che non era piú quella di una volta. Le articolazioni, con gli anni, gli si erano irrigidite; le ossa doloranti non gli permettevano di compiere lunghi viaggi in carrozza o addirittura per nave; l'insonnia lo tormentava quasi ogni notte e gli impediva di occuparsi degli affari pubblici fino dalle prime ore del mattino, come deve fare un vero uomo di Stato; lo stomaco tollerava soltanto alcuni cibi e non ne tollerava piú altri. Si era convertito alla filosofia allora in voga, cioè all'epicureismo. Scriveva dialoghi d'argomento filosofico, dedicandoli a persone che un tempo avrebbero dato chissà cosa per essere ammesse nella cerchia dei suoi intimi, e che ora non si prendevano nemmeno il disturbo di ringraziarlo; e aveva anche composto alcuni versi per Augusto, in cui lui, Caio Cilnio Mecenate, chiedeva alla Fortuna di lasciarlo vivere. (Ma il vero destinatario di quella richiesta, lo si capiva benissimo, era il principe). Le diceva: «Mi si indeboliscano pure le mani, i piedi, le cosce, mi caschino i denti, mi venga la gobba; purché mi resti la vita, io sto bene cosí. Lasciami la vita, e condannami a stare seduto in cima a un palo...»

Virgilio e io ci guardavamo, sgomenti. Stentavamo a riconoscere il nostro amico d'un tempo in quel pover'uomo che avevamo davanti e che recitava per noi quella specie di commedia; ma lui sembrava sincero e forse lo era. Chissà! (Forse, la disgrazia gli aveva davvero sconvolto il cervello). Raccontava che Augusto, quando stava a Roma, gli mandava i suoi medici personali, per guarirlo e per fargli riprendere l'attività politica; e che i «suoi» poeti, sapendolo malato, erano diventati addirittura fastidiosi con le loro premure. Properzio, Orazio, Virgilio (metteva tra i fastidiosi anche il mio padrone, lui presente), Vario Rufo e poi ancora Vibio Visco, Caio Fundanio, Aristio Fusco e tanti altri che adesso non mi vengono piú in mente, lo cercavano in ogni ora del giorno, lo invitavano ai loro banchetti o a trascorrere qualche settimana nelle loro case di campagna, e, insomma, gli impedivano di dedicare tutto il tempo alla filosofia, come lui invece avrebbe voluto fare. Noi ascoltavamo quei discorsi e ci guardavamo attorno. I divani del triclinio erano pieni di polvere; i saloni erano deserti e nessuno, o quasi, dei tanti che avevano tratto vantaggio dall'amicizia di Mecenate veniva a trovarlo; ma lui si era creato un mondo di fantasia dove tutti si preoccupavano della sua salute e tutti continuavano a cercare i suoi favori, perché essere suoi amici significava, ancora e sempre, essere amici di Augusto.

Fu in quegli anni che anch'io, un liberto!, ebbi occasione di scambiare qualche parola con il principe. Io, Timodemo, giunto in Italia per essere venduto come schiavo sul mercato di Napoli, ho avuto il privilegio di conoscere l'uomo che, con un solo cenno, può decidere il destino di una persona o di un popolo; e anche lui, l'uomo-dio, si ricorda di me. A quell'epoca, Augusto era quasi sempre lontano da Roma, in viaggio nelle estreme regioni dell'Impero per risolvere le controversie che ancora esistevano sulle varie frontiere, e per tenere d'occhio i suoi generali (casomai a qualcuno fosse venuto in mente di ricominciare a giocare alle guerre civili). Non aveva amici e non si fidava di nessuno: nemmeno di quel Marco Vipsanio Agrippa che aveva preso, a Roma, il posto di Mecenate, e che non poteva complottare contro di lui perché doveva difendere se stesso da ogni genere di complotti: i senatori gli erano tutti ostili, e anche i comandanti dell'esercito lo consideravano un ostacolo per le loro carriere. (Gli equilibri su cui si basa il potere di un principe, Augusto lo sapeva bene, non sono determinati dalle sue amicizie, ma dai contrasti fra le persone che lo circondano). In quanto agli aristocratici, al nuovo padrone di Roma non dispiaceva che avessero palazzi piú sfarzosi del suo, e che si concedessero ogni genere di lussi... Piú erano ricchi, e piú decadevano in fretta! L'unica cosa che desiderava davvero, e che ancora pensava di non possedere in misura sufficiente, era la Fama. Io che l'ho conosciuto posso dirlo con assoluta certezza: Augusto era (ed è) ossessionato dall'idea che per dominare gli uomini bisogna dominare la Fama. Forse perché è cresciuto negli anni delle guerre civili, quando una calunnia bene architettata poteva fare piú danni della perdita di una provincia; oppure perché si è accorto che è lei, la Fama, la piú grande divinità del mondo moderno! Perciò si è fatto protettore di poeti, lui che altrimenti avrebbe considerato la poesia la piú inutile delle arti; e non solo di poeti ma anche di filosofi, di storici, di architetti, di scultori, di pittori... Di tutti quelli che con le loro opere e con il loro ingegno possono dare ali a colei che il grande Virgilio ha descritto come un «orrido immenso mostro, dai piedi veloci e dalle rapide ali, che sotto ogni piuma del suo corpo ha due occhi vigili e un paio di orecchie ben tese, e una bocca dalla lingua sonante». La Fama, ultima arrivata tra le dee dell'Olimpo, secondo l'autore dell'*Eneide* è un essere invincibile e instancabile, che tiene gli uomini sotto il suo potere, propagando con voce di tuono ogni genere di notizie. Le piú evidenti verità come le piú spudorate menzogne, venendo da lei diventano ugualmente credibili, e credute...

Il primo incontro diretto tra il principe e Virgilio, senza che ci fosse piú Mecenate a fare da intermediario, avvenne a Ischia, nell'estate di un anno che io ora non so dire con precisione: forse, il secondo dopo il nostro viaggio nel paese dei Rasna. (Distinguere gli anni con i nomi dei consoli, a quell'epoca, era diventata una faccenda piuttosto difficile, perché uno dei due magistrati era sempre Augusto: per la quinta volta, per l'ottava volta, per l'undicesima volta, e l'altro era un suo familiare o un suo cortigiano, che nessuno conosceva fuori dei palazzi della politica). Augusto, allora, era già ammalato di quel male che lo costrinse a mettere fine alle sue gesta di libertino, e si trovava a Ischia per curarsi con le acque sulfuree che ci sono laggiú; ma non credo che abbia ottenuto risultati degni di nota. Il suo aspetto, quando lo incontrammo, era davvero orribile. Aveva il viso scavato, gli occhi lucidi e la pelle del colore della cera, chiazzata qua e là da macchie bluastre. Noi, naturalmente, non gli facemmo domande: come avremmo potuto? Fu lui che ci parlò della sua malattia. All'origine di tutto, disse, c'era stata una donna. Una puttana (venimmo poi a sapere che si era trattato della terza moglie di Scribonio Libone, morto di quel male), dopo essere giaciuta con un gladiatore originario della Siria o del Regno dei Parti, aveva contagiato con quella peste mezza Roma: e non c'era sapienza di dottori che potesse venirne a capo, non c'erano rimedi! Dalle parole di Augusto, e soprattutto dal tono con cui vennero pronunciate, capimmo che aveva temuto per la sua vita, e che la paura di morire non lo aveva ancora abbandonato completamente. Sua moglie Livia Drusilla, presente al colloquio, in certi momenti lo incoraggiava («Nel tuo caso i dottori sono tutti concordi, – sosteneva. – La fase acuta della malattia è stata superata»), e in altri momenti, invece, cercava di approfittare di quella situazione per indurre il marito a cambiare vita, e a farla cambiare anche ai Romani. Bisognava rivalutare quella morale pubblica, gli diceva, che tutti, allora, disprezzavano e che invece è indispensabile per mantenere in buona salute gli individui e lo Stato; e bisognava porre dei limiti, per legge, al libertinaggio e ai comportamenti immorali. «Altrimenti andrà a finire che nella capitale dell'Impero gli uomini e le donne penseranno solamente a fottere, e chi ci difenderà dalle malattie che vengono dall'Asia e dall'Africa? Chi ci garantirà una buona amministrazione della giustizia, o riuscirà a tenere insieme un esercito? Che fine faranno le nostre leggi, le nostre armi, il nostro predominio sugli altri popoli del mondo?»

Augusto, come tutti sanno, è poi riuscito a sopravvivere alla sua malattia; e, come spesso capita a chi è stato libertino da giovane, è diventato da vecchio un inflessibile moralista, ossessionato dalle virtú familiari (degli altri). In quanto a Virgilio, e ai suoi rapporti con il principe, devo dire che dopo quel primo incontro di Ischia ce ne furono ancora molti, a Roma, a Napoli e in altre località; e che ci fu anche uno scambio di lettere, durato alcuni anni, tra Augusto che sollecitava il poeta a mandargli l'*Eneide*, o almeno quelle parti dell'*Eneide* che erano già pronte per essere date in pasto alla Fama, e il mio padrone che continuava a trovare pretesti per non consegnare nulla. Il poema delle origini di Roma, infatti, cresceva adagio e tra mille incertezze; molto piú adagio di quanto il principe avrebbe voluto, e in modo molto piú tormentato rispetto alle *Georgiche* e alle altre opere di Virgilio. Era la storia dei Lidi e del loro arrivo nel Lazio, non come si era svolta davvero (e come noi la conoscevamo per averla vissuta), ma come l'avevano rielaborata i cantastorie nel corso dei secoli, con qualche innovazione e con molte invenzioni. La discendenza di Cesare e di Augusto dal troiano Eneas si compiva, di fatto, cancellando l'esistenza dei Rasna e le origini etrusche di Roma. I Romani discendevano direttamente dai Lidi. Lo spergiuro Eneas, massacratore di bambini e di donne, era diventato il modello dell'uomo romano: saggio, forte, paziente, generoso, rispettoso di tutte le leggi e di tutte le divinità… Quell'eroe senza debolezze e senza vizi, quel monumento di virtú, a un certo punto della sua storia si avventurava nell'Oltretomba e arrivava in una località chiamata Campi Elisii, dove si trovavano le anime dei grandi che (allora) dovevano ancora nascere. Lí incontrava i suoi discendenti piú illustri: Camillo e Scipione l'Africano, Catone e i Gracchi, Giulio Cesare e il suo figlio adottivo Ottaviano, destinato a diventare Augusto...

Posso dire che quella vicenda, cosí come l'aveva progettata lui stesso, non entusiasmava Virgilio? È la verità; e non lo entusiasmava nemmeno il poema, il suo poema! Che, pure, in molti episodi aveva il tono e l'andamento della grande poesia. Continuava a cancellare e a riscrivere. I mesi e gli anni passavano, e le sollecitazioni del principe diventavano imperiose, perfino stizzite. Virgilio, ormai, aveva paura di Augusto. Soprattutto quando arrivavano da Roma dei soldi: all'improvviso, e per delle somme cosí grandi che non si sapeva dove metterli e cosa farne. Rimandarli indietro era impossibile; tenerli in casa era altrettanto impossibile. Bisognava investirli: ma nessuno di noi era pratico di quel genere di faccende. Nessuno al mondo, ora che Mecenate era stato messo da parte e non contava piú nulla, avrebbe potuto aiutare il mio padrone a trovare una via d'uscita da quel dilemma in cui era andato a cacciarsi, tra i suoi scrupoli di artista e l'impazienza di un principe che voleva avere, finalmente, il «suo» poema, e pensava di averlo aspettato anche troppo a lungo.

Una mattina, Virgilio mi confidò di avere fatto un sogno. Uno strano sogno: in cui aveva cambiato nome e aspetto (si era tagliati i capelli e si era lasciata crescere la barba) ed era andato a vivere in una località di campagna, abbastanza lontana da Roma perché Augusto non potesse ritrovarlo, mai piú! Rinunciare al nome, però, significava rinunciare alla Fama; e il mio padrone, che aveva almeno una cosa in comune con il principe: l'amore per la Fama, mi chiese di consigliarlo, perché da solo non riusciva a decidersi. Doveva continuare ad abitare a Napoli e a fare il poeta, o doveva ritirarsi a coltivare grano e fave in un posto dove non lo conosceva nessuno, e dove, però, la sua vita non sarebbe stata in pericolo? Quel giorno passeggiammo a lungo nel giardino della villa di Pozzuoli, e prendemmo in esame ogni aspetto della situazione in cui ci trovavamo. Se Virgilio fosse caduto in disgrazia con Augusto, cosa gli poteva succedere? E noi, cosa potevamo fare per premunirci? Alla fine, decidemmo che non era ancora arrivato il momento di fuggire da Napoli; ma che dovevamo prepararci all'eventualità di una fuga, acquistando (in gran segreto) un rifugio sicuro...

Mi occupai di quell'incombenza nei giorni e nelle settimane che seguirono. Io, Timodemo, con i soldi del mio padrone e sotto falso nome, comperai una fattoria di quattrocento schiavi e di seimila iugeri nel paese dei Daunii, e la diedi ad amministrare a mia moglie Ateia: che avevo conosciuto e sposato dopo essere ritornato dal viaggio in Etruria, e che era la sola persona al mondo di cui Virgilio e io potessimo fidarci. La fattoria di là dalle montagne doveva rappresentare l'ultima possibilità di salvezza per il mio padrone, se il suo rapporto con Augusto fosse diventato cosí difficile da far temere per la sua stessa vita. Le cose, poi, sono andate in un modo diverso e imprevedibile; ma ci hanno confermato che quella decisione era giusta. Virgilio non ha mai messo piede nella sua nuova proprietà; e io, che pensavo di averla comperata per lui, ci sono venuto ad abitare con un falso nome per sfuggire all'ira del principe, e ci vivo facendo il contadino, da quasi dieci anni. Il rifugio che doveva servire al mio padrone è servito a me; e anche questo è un segno della volontà di Velthune, il dio della vita e delle metamorfosi che ci ha fatti incontrare, e che è l'autore della nostra storia e di tutte le storie del mondo.

Virgilio, allora, era ossessionato da due cose: dal giudizio dei posteri e dall'ira di Augusto. Temeva che gli uomini delle epoche future avrebbero considerato l'*Eneide* (riferisco le sue stesse parole) «una copia sbiadita, una delle tante, dei poemi omerici»; e temeva di perdere, insieme al favore del principe, ciò che aveva di piú caro. (La sua casa di fronte al golfo di Napoli, la sua fama di poeta, la sua stessa vita). Avrebbe avuto bisogno di una persona autorevole che lo consigliasse, e di tanto in tanto tornava a cercare Mecenate; ma l'amico e protettore d'un tempo era tutto preso dalle sue malattie, dalle sue poesie d'argomento filosofico, dalla recita del suo personaggio («Sono preoccupato per Orazio, – ci diceva. – Mi sembra che stia attraversando un momento difficile»), e non era in grado di aiutare nessuno. Non c'era piú nessuno, a Roma o altrove, che potesse fare da intermediario tra i poeti e il principe. E il principe non voleva piú sentir parlare di rinvii. Voleva che la sua fama volasse alta sul mondo, insieme alla fama di Roma; e voleva che volasse subito. Non capiva perché occorresse cosí tanto tempo per manipolare delle parole. «Quel coglione di Statilio Tauro, – diceva al mio padrone ogni volta che lo vedeva, – in poco piú di un anno è stato capace di costruirmi un anfiteatro di venticinquemila posti, tutto in pietra, e tu in sei anni (o: in sette anni, in otto anni) non sei ancora riuscito a finire un poema! Eppure, gli esperti dicono che sei bravo nella tua arte: addirittura, il migliore». Sospettava che tutte le persone che aveva attorno, e anche i poeti, volessero prendersi gioco di lui, per spremergli piú soldi o per fare contenti i suoi nemici (tra cui metteva Mecenate). La malattia di cui ho già parlato, mai guarita definitivamente, a ogni cambio di stagione tornava a infastidirlo, rendendolo diffidente e collerico. Virgilio, allora, cercava di convincerlo (ogni volta con argomenti diversi) che il ritardo nel consegnargli l'*Eneide* non faceva parte di una congiura. Gli scriveva lettere su lettere, raccontandogli la storia di Eneas e degli altri personaggi; si sforzava di spiegargli i suoi dubbi e anche le difficoltà che incontrava. Ogni tanto doveva correre a Roma (e io, come al solito, lo accompagnavo) per leggere al principe quelle parti del poema che gli sembravano piú compiute e meglio riuscite. Ricordo che il quarto canto, quello di Didone, non ebbe l'accoglienza che Virgilio si era aspettata. (Augusto sbadigliava e continuava a distrarsi. L'incontro nella grotta fra Eneas e la regina dei Fenici lo fece sorridere, per via delle Ninfe che «ulularono». Disse: «Figuriamoci! Se le Ninfe ululassero ogni volta che succedono queste cose, nessuno piú dormirebbe...» Soltanto i versi sulla Fama, che «vola nell'ombra tra cielo e terra», gli piacquero davvero).

Andò meglio con il canto sesto, dove si passano in rassegna i protagonisti della storia di Roma fino a Giulio Cesare e al giovane Marcello, morto all'età di diciannove anni, che era stato scelto da Augusto per succedergli alla guida dell'Impero. La lettura di quel canto suscitò lacrime e applausi, e dovette essere ripetuta nei giorni che seguirono. Ma il successo, poi, portò una nuova complicazione, perché il principe avrebbe voluto che il canto sesto venisse pubblicato subito, senza il resto del poema; e non fu facile spiegargli che un'opera letteraria è un organismo unitario, un corpo vivo, e che le sue parti non possono esistere separate l'una dall'altra (cosí come la testa o la gamba di un cavallo non possono esistere e continuare a funzionare senza il cavallo).

L'*Eneide*, in realtà, era finita (o quasi finita, per via delle molte pagine che di volta in volta venivano tolte e strappate) già da anni; ma il mio padrone continuava a parlarne come di un abbozzo da modificare o, addirittura, da distruggere. Queste cose io le posso dire con assoluta certezza, perché ho seguito personalmente tutta la vicenda di quel poema, e tutto il travaglio del suo autore. Virgilio, per anni, continuò ad alternare momenti di sconforto, in cui esprimeva il proposito di bruciare l'*Eneide*, ad altri momenti in cui progettava di riscriverla, e ne cancellava interi episodi. Soprattutto, come ho già detto, lo spaventava il confronto con l'*Iliade*. Pensava che Enea e Turno fossero meno vivi e meno veri di Achille e di Ettore; e che la guerra fra i Troiani e i popoli del Lazio fatalmente sarebbe stata letta come un'ennesima imitazione della guerra di Troia. In quanto all'elogio funebre per Marcello, si chiedeva come lo avrebbero giudicato i posteri. (Anche quel pensiero lo faceva stare male. Continuava a ripetermi: «Io non sono un poeta di corte! Io ho rinunciato a raccontare la vera storia di Roma, e il vero Eneas, perché credevo che la poesia dovesse rappresentare dei modelli positivi per gli uomini: non certo per compiacere un principe!») Sospettava che nell'arte ci fosse qualcosa di falso o, addirittura, di malvagio. «Ci hai fatto caso, Timodemo? – mi chiedeva. – I piú grandi personaggi creati dalla fantasia dei poeti sono sempre degli uomini odiosi: egoisti, ipocriti, crudeli e prepotenti con i deboli, servili con i forti...»

La speranza costante di Virgilio, in tutti quegli anni, era che il principe alla fine si sarebbe dimenticato di lui, e che si sarebbe rivolto a un altro poeta. Augusto, invece, aveva già deciso di celebrare il suo dominio sul mondo, e la sua dinastia immaginaria, con un intero anno di «Giochi secolari»; e aveva deciso che l'*Eneide* dovesse essere pubblicata prima di quell'anno. Una mattina, al cancello della nostra villa di Pozzuoli si presentarono un centurione e alcuni uomini della guardia personale di Augusto, con una lettera del principe per il padrone di casa che gli ordinava di consegnare il manoscritto del poema ai soldati. Virgilio si sentí male, e fu necessario bagnargli il viso per farlo rinvenire. Quando tornò in sé, gridò, pianse e invocò gli dei che lo aiutassero a far valere le sue ragioni, ma tutto fu inutile: Augusto non poteva ascoltarlo, e il suo ufficiale non aveva un mandato che lo autorizzasse a discutere di poesia con un poeta, ma doveva soltanto eseguire un ordine. Alla fine, visto che le parole non servivano a niente, il mio padrone si trincerò su un'ultima linea di difesa. «Io, – disse all'uomo che era stato incaricato di portare a Roma l'*Eneide*, – non consegnerò la mia opera a nessuno, e chi vorrà prenderla con la forza dovrà uccidermi. Ma se tu e i tuoi soldati mi accompagnerete dal principe, darò a lui personalmente ciò che soltanto le mie mani e le sue possono toccare».

Augusto, allora, si trovava ad Atene; e il centurione, che non sapeva risolvere da solo un caso cosí complicato (doveva uccidere il famoso Virgilio soltanto per prendergli un pacco di fogli manoscritti, come gli era stato detto di fare, o doveva invece mettersi in viaggio insieme a lui e al suo scartafaccio, per scortarli fino in Grecia?), corse a Roma, a chiedere consiglio ai suoi superiori. Prima di partire, però, stabilí i turni di guardia tra i soldati, perché custodissero la stanza dove si trovavano le carte del poeta; e fece venire degli altri legionari dal presidio di Napoli, a sorvegliare anche le altre stanze e anche l'ingresso della villa. In quei giorni terribili, il mio padrone si comportò come un uomo che sa di essere ormai prossimo alla fine, e che vuole sistemare le sue cose per quando non ci sarà piú. Mandò a chiamare i poeti Vario Rufo e Plozio Tucca, che in quel periodo abitavano a Napoli e che lo conoscevano fino dagli anni in cui tutt'e tre erano stati studenti di filosofia, allievi del maestro Sirone. Mi dettò il suo testamento davanti a loro e davanti ai servitori della casa, riuniti in giardino sotto lo sguardo vigile dei pretoriani. Di lí a pochi giorni, ci disse, si sarebbe imbarcato su una nave, per andare ad Atene a parlare con il principe. Se fosse morto durante la traversata, o comunque prima di tornare a Pozzuoli, la sua villa e tutte le altre proprietà (che elencò puntualmente, una dopo l'altra, tralasciando soltanto di nominare la fattoria nel paese dei Daunii) dovevano essere restituite a chi gliele aveva donate, cioè ad Augusto. Il poema intitolato *Eneide*, invece, doveva essere distrutto: era incompiuto, e anche le parti che erano già state lette a Roma alla presenza del principe e dei suoi familiari non potevano venir pubblicate da sole e non potevano venir pubblicate cosí com'erano. Dell'esecuzione del testamento, nel suo insieme e in modo specifico per quanto riguardava la distruzione del poema, Virgilio incaricò i poeti Rufo e Tucca: che in mia presenza, e in presenza di molti testimoni, giurarono di adempiere al loro mandato con la formula solenne che si usa in queste circostanze. (Come poi tennero fede al loro giuramento, lo dirò tra poco).

Sto per rivelare cose che mi costerebbero la vita se le dicessi nel mio tempo, e che i posteri, però, devono sapere. Virgilio non è andato in Grecia, come poi è stato detto e ripetuto per secoli, a vedere i luoghi (pochi, e già noti attraverso le fonti letterarie) di cui si parla nell'*Eneide*. Ci è andato controvoglia e nella peggiore stagione dell'anno, cioè in estate, per inginocchiarsi davanti ai piedi di Augusto e per cercare di spiegargli, ancora una volta, il suo travaglio di artista; per dirgli che voleva restituire i soldi ricevuti in quegli anni, fino all'ultimo sesterzio, e che voleva distruggere ciò che aveva scritto. Questa è la verità, e io intendo rivelarla comunque (anche se i timori del mio padrone, sulla buona riuscita dell'opera e sulla considerazione che ne avrebbero avuto le epoche future, si sono poi rivelati infondati).

Partimmo da Napoli un giorno di giugno, verso sera, con una scorta guidata da quello stesso centurione che aveva consegnato a Virgilio la lettera di Augusto. Il manoscritto dell'*Eneide* (quello vero!) era rimasto nascosto nella villa di Pozzuoli, chiuso in una cassettina di ferro con due chiavi, che erano state date agli esecutori testamentari. Per ingannare gli uomini della scorta avevamo portato con noi un pacco di vecchie pergamene, che contenevano alcuni canti del poema nella loro prima stesura, e due libri delle *Georgiche*. Quello scambio ci era riuscito; il viaggio, invece, andò male fino dai primi giorni, e non perché le condizioni del mare fossero particolarmente sfavorevoli, ma a causa della salute del mio padrone. Virgilio, in quel periodo, soffriva di disturbi intestinali; e l'acqua e i cibi della nave aggravarono la sua malattia, al punto di farmi temere che potesse morire durante la traversata. Nel delirio causato dalla febbre, chiedeva ad Augusto perché avesse costretto Cornelio Gallo a uccidersi (il centurione, ogni volta che lui nominava il principe, si spostava in un'altra parte della nave per non doverlo ascoltare), e perché avesse fatto impazzire Mecenate. Lo accusava di essere sordo alle ragioni dell'amicizia e a quelle dell'arte; e di non avere mai dato retta a chi, in quegli anni, aveva cercato di spiegargliele, cioè a lui...

«Il poema che io voglio riscrivere, – gridava, – parlerà della malvagità e della follia degli uomini, e anche della tua malvagità e della tua follia!»

Quando finalmente la nostra nave arrivò a gettare l'ancora nel porto di Corinto, dopo due settimane che eravamo in mare, il mio padrone riusciva a camminare soltanto appoggiandosi a me, ed era diventato cosí leggero che, quasi, non ne sentivo il peso. Trascorremmo la notte in una locanda del porto, affollatissima: Virgilio delirava, e gli altri viaggiatori, nel buio, ci gridavano di stare zitti, o addirittura ci lanciavano le scarpe e gli altri oggetti che avevano a portata di mano. Il giorno successivo ci rimettemmo in viaggio verso Atene. Io avevo chiesto una carrozza coperta, una «carpenta» che ci riparasse dal sole di luglio; ma le mie preghiere, e anche le minacce del nostro centurione di far intervenire le autorità militari del luogo, non erano servite assolutamente a nulla. (I vetturini avevano risposto all'ufficiale che la carpenta non c'era, e che, se voleva, poteva rivolgere il suo reclamo al «basileus», cioè ad Augusto in persona. Loro avrebbero continuato a fare quello che avevano sempre fatto, e a trattare i viaggiatori nell'unico modo possibile, che era anche il migliore possibile). Ci fu data una carretta a due ruote, scomoda e aperta al sole e alla polvere; la strada era lastricata in ciottoli, e lo scuotimento a cui eravamo sottoposti era insopportabile anche per me, che non soffrivo di nessuna malattia e che, a quell'epoca, ero ancora giovane. A Megara, dove arrivammo al calar del sole, mi resi conto che il mio padrone era piú morto che vivo. Perciò lo feci portare in casa di un affittacamere, anziché alla stazione di posta; e mandai a dire ad Augusto, da uno degli uomini della nostra scorta, che Virgilio stava male, e che ci saremmo fermati lí dove eravamo, finché le sue condizioni di salute non gli avessero permesso di rimettersi in viaggio.

Rimanemmo a Megara per quasi un mese. L'uomo che i Greci chiamavano «basileus» (re) non venne a trovarci, ma ci mandò alcuni dei medici piú famosi che c'erano allora ad Atene, e anche certi altri visitatori di cui sia io che Virgilio avremmo fatto volentieri a meno. Intendo riferirmi ai poeti. Un principe, dovunque vada, è circondato dai poeti come un cavallo è circondato dalle mosche; e Augusto, in Grecia, se ne liberava mandandoli a Megara dal famoso Virgilio, che loro conoscevano soltanto di nome, e che fingevano di rispettare e apprezzare per compiacere il sovrano. (Credo che lo considerassero un poeta di provincia, rappresentante di un gusto superato e di una cultura periferica rispetto alla grande cultura ellenistica). In quanto al mio padrone, se fosse stato in buona salute e se fosse stato a Pozzuoli, avrebbe certamente trattato quegli sciocchi come meritavano; ma la malattia lo costringeva a rimanere a letto molte ore ogni giorno, e cosí, per passare il tempo, si adattava ad ascoltarli mentre parlavano male gli uni degli altri, e mentre declamavano i loro mediocri poemi. Era stupito, e me lo diceva spesso, che Augusto non si fosse ancora scelto uno o piú poeti di corte tra quei personaggi boriosi e vacui che gli stavano attorno; e che continuasse a insistere con lui per avere l'*Eneide*. Quando poi i medici e i poeti ci lasciavano in pace, andavamo a passeggiare sulla strada che da Megara conduce al porto dei pescatori, e che è ombreggiata da due lunghe file di pini. Parlavamo delle cose che erano accadute intorno a noi negli ultimi dieci o quindici anni, cioè all'incirca da quando ci conoscevamo, e di come gli uomini si erano trasformati sotto i nostri occhi seguendo il movimento dei tempi, senza che noi e loro ce ne accorgessimo. (O quasi). Virgilio, in quei suoi ultimi giorni di tranquillità, non pensava piú che l'arte dovesse servire a cambiare il mondo (continuava a ripetere: «Il mondo, Timodemo, se ne va dove vuole lui!»); ma sperava di poter tornare alla sua vita di sempre, e alla poesia, non appena la vicenda dell'*Eneide* si fosse conclusa. «È stato soltanto un capriccio di Augusto, – mi diceva. – Vedrai che tutto finirà nello stesso modo com'è cominciato, da un giorno all'altro e senza nemmeno che noi ce ne accorgiamo; e che Augusto, poi, si dimenticherà della mia esistenza e della mia opera, cosí come si è dimenticato di Mecenate e di tanti altri scrittori della nostra generazione...»

Una sera d'agosto, suonarono le tube delle sentinelle sulle mura di Megara ed entrò in città un lunghissimo convoglio di soldati a cavallo, di carri e di carrozze chiuse. (Tutte le carpente dell'Attica erano lí, requisite per il servizio del principe). In una di quelle carrozze, circondato dai pretoriani, c'era Augusto, che andava a imbarcarsi a Corinto per tornare a Roma; e un ragazzo della casa dove eravamo alloggiati venne a cercarci sulla strada del porto, gridando che i soldati avevano chiesto di noi, e che il «basileus» in persona ci voleva vedere! L'incontro fra il poeta e il sovrano avvenne in strada, anzi nel Foro di Megara, alla presenza di decine di testimoni; ma nessuno di quelli che vi assistettero, all'infuori di me, immaginò il dramma che si nascondeva dietro ai sorrisi e alle parole affettuose che i due uomini si scambiarono. Augusto, a quell'epoca, aveva già molti capelli bianchi sulle tempie; era ingrassato, e parlava e si atteggiava con la solennità di chi, pur essendo nato uomo, ha ricevuto dagli dei un potere non molto diverso dal loro. Abbracciò Virgilio, come faceva ogni volta che lo vedeva, e manifestò nei suoi confronti una familiarità che dovette mettere in allarme i suoi cortigiani. Si informò (anche se in realtà li conosceva benissimo) dei motivi che avevano spinto il mio padrone a sfidare il caldo dell'estate e i pericoli del mare, per venire a parlargli; e si stupí (questa volta davvero) quando lui gli disse di non avere portato con sé il vero manoscritto dell'*Eneide*, ma soltanto un pacco di fogli senza valore:

«Quel poema è il tormento della mia vita. Intendo riscriverlo...»

Guardai il viso del principe. Per un attimo, le sue palpebre si strinsero fino quasi a chiudersi, e i suoi lineamenti si indurirono. Poi, però, tornarono a distendersi e la bocca si aprí a un sorriso: «Questi artisti!» Prese il mio padrone sottobraccio e si appartò con lui per qualche minuto. Gli spiegò il motivo per cui aveva mandato i pretoriani a Pozzuoli. Roma e Augusto, gli disse, parlando di se stesso in terza persona (e io, che pure non potevo ascoltarlo, riferisco le sue parole secondo il racconto che me ne fece Virgilio), avevano bisogno del suo poema. Tra due anni, anzi: tra un anno e pochi mesi, la capitale del mondo avrebbe celebrato se stessa con i «Giochi secolari», e per quell'epoca la fama dell'*Eneide* doveva già essere volata oltre i confini dell'Impero di Roma, fino al limite estremo delle terre abitate. Il poema di Eneas sarebbe diventato ancora piú famoso di quello di Achille, o di quello di Ulisse! Virgilio tentò ancora di parlare, ma un gesto di Augusto lo costrinse, definitivamente, al silenzio. «Non posso credere, – gli disse il sovrano (e il suo tono di voce era quello di chi, ormai, considera chiuso un discorso durato anche troppo a lungo), – che un'opera a cui hai dedicato nove anni di lavoro non sia pronta per affrontare il giudizio del pubblico piú esigente. I tuoi scrupoli riguardano una ricerca della perfezione, che in un artista è sempre legittima e che ti fa onore; ma io ho deciso che l'*Eneide* dovrà diventare il simbolo di Roma, in quest'epoca e anche nelle epoche che verranno; e sono sicuro di avere scelto l'opera giusta...»

Tornammo a Corinto per imbarcarci sulle navi di Augusto. Che altro potevamo fare? L'estate era ancora torrida e Virgilio era ancora lontano dall'essere guarito; ma sarebbe stato difficile, per noi, rimanere a Megara ad aspettare l'autunno, perché avevamo finito i soldi e perché anche il centurione e i soldati che ci avevano accompagnati fin lí, avevano ricevuto l'ordine di rientrare a Roma. Chi avrebbe pagato il nostro soggiorno, a mille miglia da casa, e chi ci avrebbe protetti, durante il viaggio di ritorno? Salimmo su una trireme piena di funzionari dell'amministrazione civile e di pretoriani, e Virgilio ricominciò quasi subito a essere tormentato dalla febbre. A Patrasso, dove ci fermammo per qualche ora, lo feci visitare da un medico, che lo sconsigliò di mettersi in viaggio in quelle condizioni. Non poteva attendere che finisse l'estate? Ripartimmo, e in mezzo allo Ionio ci trovammo in una zona di calma assoluta: intorno a noi l'aria era cosí ferma, che si faceva fatica perfino a respirarla... Anche i remi, che pure dovevano essere usati piú volte ogni giorno, non ci portavano verso le coste della Calabria o dei Bruzii, ma servivano soltanto a impedire alle correnti marine di trascinarci in Africa. Fu allora che Virgilio incominciò veramente a morire. Il suo stomaco non tollerava piú niente, nemmeno un sorso dell'acqua infetta che io andavo ad attingere per lui nelle cisterne della nave; e la febbre lo divorava. Nel delirio, continuava a chiamare i suoi esecutori testamentari, per ricordargli l'impegno che avevano preso di distruggere l'*Eneide*.

(«Non lasciate che il mio poema finisca nelle mani di Augusto, – gli gridava. – Se mi tradirete, gli dei che avete chiamato a testimoni del vostro giuramento vi castigheranno!») E poi, parlava con Mecenate. Gli diceva di essere un uomo da nulla, uno scribacchino con la testa piena di sogni che purtroppo non si erano realizzati. «Dovevo seguire il tuo consiglio, – rantolava. – Sarei diventato un grandissimo poeta, un nuovo Omero, se non mi fossi illuso che l'arte può servire a migliorare gli uomini, e se non avessi creduto di cambiare il mondo con la poesia. Come ho fatto a essere cosí sciocco? Avevo tra le mani una storia altrettanto grande di quella di Achille e di Ettore, o di quella di Ulisse, e non l'ho raccontata! Ma, forse, gli dei mi daranno ancora un'ultima possibilità, ora che finalmente ho capito i miei errori!» Si rammaricava di essere sempre stato un uomo debole, e pauroso di tutto. «Anche tu, però, – rimproverava l'amico: – tu che sembravi sempre cosí risoluto, cosí forte, nel momento in cui avresti dovuto prendere una decisione veramente coraggiosa, ti sei ritirato come una tartaruga dentro al suo carapace, e ti sei messo a scrivere quei brutti versi d'argomento filosofico e quelle commedie, che non ti daranno né lettori né gloria... Perché non hai fatto la scelta piú giusta, che era quella di andartene da Roma? Perché mi hai abbandonato alle mie illusioni e alle mie debolezze, tu che, solo, potevi aiutarmi? Perché mi hai tradito?»

Quando finalmente gli dei ci permisero di sbarcare a Brindisi, nella terra dei Calabri, Virgilio non era piú in grado di riconoscere le persone che gli stavano attorno, e nemmeno me. Sgridò il medico di Augusto, un greco di nome Metone, per aver permesso che i cani entrassero nella sua stanza da letto, lasciando aperta la porta del giardino. (In realtà, nel luogo dove ci trovavamo, non c'erano né giardini né cani). Chiamò Augusto, che lo abbracciava, con il nome di un nostro servitore di Pozzuoli, «Marittimo». Pochi istanti prima di morire, però, la sua testa era tornata quella di sempre. Mi fece segno di avvicinarmi. «Timodemo, – mi disse, – voglio essere sepolto sulla strada che va da Napoli a Cuma, accanto alla villa dove ho trascorso gli anni migliori della mia vita, e voglio che sulla mia tomba ci siano scritti il mio nome, quello del luogo dove sono nato e la parola poeta. Voglio che sia tu a occuparti personalmente di questa incombenza, perché sei l'unico amico che mi è rimasto».

(Non so se la sepoltura del mio padrone è stata poi fatta secondo i suoi desideri. Non so nemmeno cosa c'è scritto sulla sua lapide, e se è vero ciò che mi è stato raccontato, di due versi attribuiti falsamente a Virgilio, con lui che parla di se stesso: figuriamoci! Non ho mai visto la sua tomba. Io ora vivo nella nostra fattoria, nella valle del Cerbalo, e nessuno dei miei vicini sa che sono stato il segretario e l'amico di uno dei piú grandi poeti che il mondo abbia mai avuto, e che ho conosciuto Mecenate e Augusto. A volte, anch'io mi dimentico del mio passato. Questo accade soprattutto all'inizio della primavera, quando il grano incomincia a crescere e i miei sonni diventano inquieti a causa di tutte quelle spighe che ci sono laggiú nei campi, esposte agli sbalzi del clima e a ogni genere di insidie. Allora mi sveglio di soprassalto a metà della notte. Mi chiedo: riuscirò anche quest'anno a mettere il grano nei magazzini, come ho fatto l'anno scorso, o me lo porterà via la tempesta? Quanto del mio lavoro dovrò lasciare alle cornacchie, e quanto alle cavallette? Nelle altre stagioni invece, e soprattutto in inverno, se di notte sento un rumore improvviso, penso che i soldati di Augusto hanno scoperto il luogo dove abito, e che stanno battendo contro la mia porta perché sono venuti a prendermi. Provo l'impulso di correre verso la cantina, o addirittura di saltare dalla finestra e di rifugiarmi nel bosco. La paura di finire in mano ai soldati non mi ha ancora lasciato, e credo che non mi abbandonerà finché sarò vivo, o finché sarà vivo il principe... Eppure, sono passati molti anni dal giorno in cui sono stato condannato a morte; e il poema che io volevo distruggere, l'*Eneide*, è cosí conosciuto nel mondo, che perfino chi compra il mio grano e le mie fave ne sa recitare qualche verso a memoria! Nessuno di questi funzionari di Roma che ci sono ora nella terra dei Daunii ha mai avuto occasione di vedere un uomo chiamato Timodemo, che osò opporsi agli ordini del sovrano, e nessuno saprebbe riconoscerlo; ma io continuerò a sentirmi braccato e a nascondere il viso, fingendo di riparare gli occhi dalla polvere, ogni volta che incontrerò per strada una pattuglia di soldati romani a cavallo, dietro al mantello rosso del suo centurione. Questo è il mio destino, e non posso farci piú niente!)

L'*Eneide*, purtroppo, non è stata distrutta. Chi mi ascolta sa già, anche se vive in un'altra epoca, che questa vicenda si è poi conclusa come Augusto voleva che si concludesse; ma non sa per quali vie il principe è riuscito a impadronirsi dell'opera del mio povero padrone, e a usarla per la sua propaganda. Non sa che la volontà di Virgilio è stata ignorata e calpestata da quegli stessi esecutori testamentari che avrebbero dovuto difenderla, cioè da Lucio Vario Rufo e da Plozio Tucca, gli amici (anzi, per essere piú precisi: i falsi amici) che poi lo tradirono! Soprattutto Vario Rufo deve essere additato all'esecrazione dei posteri. Plozio Tucca è un uomo da nulla, un parassita sempre a corto di soldi, che si è visto recapitare a casa una borsa piena di monete d'oro e che, grazie allo spergiuro, ha potuto evitare la prigione per debiti; ma la sua prosperità, per quanto ne so, è durata pochissimo. Rufo, invece, è un traditore di professione: un essere spregevole, che mentre Virgilio era ancora vivo cercava con l'adulazione di prendere il suo posto nel cuore del sovrano, e che dopo la sua morte si è offerto di completare l'*Eneide* nelle parti mancanti, e di sovrintendere al lavoro degli scrivani che dovevano riprodurre il libro in centinaia di copie. Se davvero, come dicono i sacerdoti, Giove fosse il custode dei testamenti che vengono suggellati con il suo nome, Vario Rufo non potrebbe sfuggire ai suoi fulmini. Ma Giove, ormai, ha distolto il suo sguardo da quello che succede a Roma; e la Fortuna, che è la piú scellerata delle dee, fa il suo mestiere, favorendo gli spergiuri e ogni genere di delinquenti. Soltanto io, fra tutti quelli che conoscevano il mio padrone e che si erano vantati di essere suoi amici negli anni in cui gli dei gli erano favorevoli, ho cercato di adempiere alle sue ultime volontà. Con l'aiuto di due servitori ho forzato la cassa che conteneva il manoscritto dell'*Eneide*, nella sua stesura piú completa e (ormai) definitiva. Era un'ora della notte prossima all'alba. Io e Marittimo (il cameriere che Virgilio aveva nominato sul suo letto di morte) abbiamo messo le carte dentro un sacco e abbiamo cercato di sfuggire alla sorveglianza dei pretoriani, per raggiungere Napoli; ma siamo stati inseguiti e fermati. Marittimo, che aveva con sé la borsa piena di fogli, è stato crocefisso la sera del giorno successivo, davanti alla Porta Cumana. Io sono riuscito a salvarmi buttandomi in mare, vicino allo scarico di una fogna. Mi sono nascosto in casa di amici; e poi, quando ho potuto andarmene da Napoli dopo una decina di giorni, grazie all'aiuto di una persona di cui non farò il nome nemmeno se verrò torturato, ho visto con i miei occhi, sui muri dove si espongono gli avvisi del governo di Roma, le scritte che promettevano diecimila sesterzi per la cattura di un certo Timodemo: «Ex schiavo, di nazionalità greca, condannato a morte per avere complottato contro l'autorità di Cesare Augusto».

9.
Solaria

Visto dalla mia fattoria, tutto appare lontano: anche il passato. C'è ancora, a Roma, qualcuno che si ricorda di Timodemo di Nauplia, e che lo cerca per darlo in pasto alle belve? Io credo di no; e credo anche che, finché rimarrò tra le dolci colline dell'Apulia e farò la vita dell'agricoltore, non correrò alcun pericolo. Lí, le notizie arrivano con mesi e anni di ritardo, e tutto quello che avviene nella capitale è come se fosse accaduto in un altro mondo. Devo fare un esempio? La scorsa settimana, un tale che gira di fattoria in fattoria vendendo pentole di rame e altri oggetti per chi lavora in cucina, mi ha detto che è morto Vipsanio Agrippa, ma non ha saputo spiegarmi né come né quando. Gli ho chiesto: «Di cosa è morto?» Non lo sapeva. «E che fine ha fatto, – ho insistito, – la sua carta geografica universale, quella per cui lui e Augusto avevano chiamato a Roma i migliori cartografi e disegnatori da ogni parte dell'Impero?» Mi ha guardato come se fossi diventato pazzo. Nella valle del Cerbalo le notizie arrivano cosí. Agrippa era l'uomo che aveva preso il posto di Mecenate accanto al principe, ed era l'unico di cui lui si fidava quando doveva allontanarsi da Roma: non perché credesse nella sua lealtà e nella sua amicizia (Augusto non crede a questo genere di cose), ma perché sapeva che i senatori e gli aristocratici romani lo odiavano ancora piú di quanto odiassero lui, e che Agrippa li ricambiava con lo stesso sentimento unito al disprezzo. Come avrebbe potuto ordire un complotto contro il principe, chi doveva difendersi in ogni momento dai complotti degli altri? Io me lo ricordo, Vipsanio Agrippa: era un uomo massiccio, con la faccia larga da contadino, e con le mani che sembravano due mazze, tanto erano grandi e quadrate! Parlava latino alla maniera dei Veneti, trasformando tutto ciò che diceva in una specie di filastrocca; ma non era uno stupido e non era nemmeno una persona ignorante, anche se qualcuno dei suoi nemici, a Roma, insinuava che non sapesse leggere né scrivere. Ora, io penso soprattutto alle semine e ai raccolti, ma a volte mi faccio anche un mucchio di domande su Augusto e su chi adesso gli sta attorno: sui suoi consiglieri e sui suoi poeti. Chi ha preso il posto di Virgilio? Forse Orazio, che nel paese dei Daunii è considerato una specie di eroe soltanto perché è nato vicino alla città di Venosa. (Ma nessuno dei tanti che parlano di lui come se fossero suoi amici o parenti ha mai avuto occasione di conoscerlo davvero; e nessuno, o quasi, ha letto i suoi versi). Forse, uno di quei giovanotti profumati e azzimati che il mio padrone e io abbiamo avuto modo di conoscere in Grecia, poco prima che lui morisse...

In realtà, nessuno può sostituire Virgilio. Di poeti come lui ne nascono forse un paio per secolo; e c'è anche il rischio che non arrivino a farsi riconoscere, se non incontrano qualcuno capace di valorizzarli... Qualcuno come Mecenate. Cosí, a volte, penso anche a Mecenate, e mi chiedo se sia ancora vivo. È stato un uomo potente; ma nella valle del Cerbalo la notizia della sua morte potrebbe non arrivare mai, perché non interessa a nessuno. Penso alla fragilità dei nostri destini, alla leggerezza delle nostre vicende. Non è trascorso nemmeno un quarto di secolo, mi dico, da quando Mecenate era il padrone di Roma e uno dei padroni del mondo; e, ora, Roma e il mondo si sono dimenticati di lui. I poeti e gli artisti che lo celebrarono, certamente stanno cantando le lodi di un altro; e i suoi eredi (io, almeno, ne sono sicuro) sono già all'opera per spartirsi le sue proprietà, mentre lui, forse, è ancora vivo. Mi domando cosa sia la memoria di un uomo, e non so rispondermi. Quella Fama di cui Virgilio, nell'*Eneide*, celebrò lo smisurato potere, è anche la piú inaffidabile e la piú iniqua delle dee, piú della stessa Fortuna; e gli uomini che godono dei suoi favori sono come gli insetti che volano di notte intorno a una lanterna, inebriandosi della sua luce. Si sentono splendidi, e in quel momento effettivamente lo sono; ma il loro trionfo dura pochissimo, e non lascia tracce. Che memoria può avere la notte dei suoi insetti? E che memoria può avere, il tempo, degli uomini che lo fanno esistere, senza la scrittura?

La scrittura: è lei la protagonista della storia che sto raccontando. Il popolo dei Rasna, che io ho conosciuto prima che i suoi sacerdoti piantassero l'ultimo chiodo nel muro di Northia, credeva che gli uomini dovessero esistere nel tempo come gli insetti esistono nella notte, inebriandosi della loro vita finché gli è possibile, e poi tornando a scomparire nel buio. Aveva scoperto, in alternativa alla scrittura, un modo di rivivere il passato, e forse anche di anticipare il futuro, muovendosi lungo la catena di eventi che costituiscono la storia del mondo, come sui gradini di una scalinata infinita, in un senso e nell'altro; ma quel modo non aggiunge e non toglie niente ai singoli uomini, e non modifica le loro storie. La scrittura, invece, può durare (e di solito effettivamente dura) ben piú di chi se ne serve; e ci può dare quell'illusione di immortalità che piú di ogni altra illusione passata o presente ha abbagliato gli uomini della mia epoca. Virgilio, Orazio, Properzio, Agrippa, Mecenate e lo stesso Augusto, si sono riscaldati alla luce di quell'illusione; e hanno creduto di poter vivere oltre la morte fino a diventare immortali, rispecchiandosi nella loro scrittura o in quella degli altri...

Ho chiamato la terra dove ora vivo Solaria, cioè «baciata dal sole»; e ho messo a custodirne i confini, a nord, a sud, a est e a ovest, quattro statue del dio Priapo ricavate da altrettanti tronchi d'ulivo, che minacciano i ladri con enormi cazzi pitturati di rosso. È una terra che scende dai monti dell'Irpinia verso la pianura degli Apuli e che produce vino, olive, grano, legumi, frutta per gli uomini e foraggio per il bestiame, ma che ha bisogno di due cose: di un padrone sempre vigile, e del lavoro ininterrotto di centinaia di schiavi. Lí, io vivo in una grande casa colonica circondata dai magazzini, dalle stalle e dalle case dei servi, e ho tutto, o quasi tutto, quello che occorre a un uomo saggio per essere felice. L'unica cosa che davvero mi manca sono i libri. A volte, nelle sere d'autunno e in quelle d'inverno, mi sorprendo a girare per casa come se fossi un animale chiuso dentro a una trappola, cercando qualcosa che non c'è e di cui però sento il bisogno: la lettura! Di giorno, invece, provo l'impulso di andare in città a comperare le opere degli autori che mi sono piú cari, e anche il poema del mio padrone: quell'*Eneide* che non doveva essere pubblicata, e che l'infame Vario Rufo ha osato completare con i suoi versi. Faccio attaccare il carro e poi ci ripenso. Anche se i miei nemici, a Roma, si sono dimenticati di me, io non posso correre questo genere di rischi. Nelle librerie di Napoli verrei riconosciuto immediatamente, e negli empori delle città piú piccole, dove i libri vengono chiesti di rado e da persone considerate un po' matte, susciterei la curiosità dei commessi e degli altri clienti. Un bifolco che si mette a leggere Omero e Platone, Lucrezio e... Virgilio, non può passare inosservato in nessun luogo del mondo e tanto meno ad Arpi o a Vibino, nei negozi dove io di solito vado a fare i miei acquisti di sementi, di attrezzi e di trappole per conigli e per volpi.

(Sono una merce cosí strana, i libri!).

Non voglio insospettire i miei vicini. Nella valle del Cerbalo, i proprietari si conoscono tutti e si tengono d'occhio, anche se i poderi sono immensi e per andare dall'uno all'altro bisogna sellare il cavallo o far preparare il carro. Nessuno ha mai dovuto cedere i suoi terreni ai veterani delle guerre civili: e la ragione di un tale privilegio è che quasi tutti vengono da Roma e si chiamano con nomi come Lentulo, Capitonio, Domizio... Ci sono degli ex consoli, tra di noi, e degli ex governatori di province che si sono messi a fare gli agricoltori dopo che Bruto e Cassio sono stati sconfitti a Filippi, o dopo che il partito di Antonio è stato vinto da quello di Ottaviano. Ci sono uomini che si sono rovinati con la politica e altri che si sono rovinati con le donne o con le scommesse ai giochi del circo. Tutti i padroni di quella parte dell'Apulia che un tempo è appartenuta ai Daunii, hanno una storia; e anch'io ho dovuto costruirmi una storia, per essere accettato nella loro società. Io, per loro, mi chiamo Archelao e sono nato nell'isola di Faura, al largo della costa dell'Attica; ma la mia educazione e la mia vita adulta si sono svolte a Corinto. Sono un avventuriero che ha fatto fortuna. (Siccome i miei vicini pensavano che fossi un avventuriero, per essere creduto ho dovuto dirgli che lo ero realmente). Per dieci anni, ho comperato i gladiatori nelle «scuole» della Tracia e della Bitinia, dove quei disgraziati imparano a combattere scannandosi tra di loro, e li ho rivenduti agli impresari di Roma e di Napoli. Ho portato in Italia, legalmente, piú di cento assassini, e mi sono arricchito con quel turpe commercio; finché, un giorno, ho deciso di cambiare vita. Mi trovavo a Napoli per affari, e qualcuno mi aveva appena proposto di acquistare una proprietà appartenuta ai Metelli, nella fertilissima terra d'Apulia...

Sto per sposare una matrona romana. Junilla ha un'età dichiarata di trentasette anni e un'età reale simile alla mia, che di anni ne ho una decina in piú. È vedova, è zoppa, è imparentata con i discendenti di Marco Emilio Lepido e con quelli di Silla. Ha un figlio adulto, che io non conosco e che probabilmente non conoscerò mai, perché lui non vuole avere a che fare con me. (In fondo, non ha torto: sono un ex venditore di schiavi). Che altro posso dire della mia futura moglie? Non ci amiamo (ci mancherebbe anche questa sciocchezza, alla nostra età!), ma credo che riusciremo a sopportarci e, addirittura, a capirci. Lei, naturalmente, non è gelosa di Eunice, la ragazza che dorme nel mio letto dopo che la mia prima moglie, la piccola Ateia, è morta di colera, e che mi ha già dato un erede. Si è stupita soltanto che io abbia chiamato il bambino Virgilio. «Mi sembra un nome un po' troppo impegnativo, – ha osservato, – per il figlio di una serva!»

Per andare d'accordo, conserveremo le nostre abitudini. (La vita, a una certa età, è fatta soprattutto di abitudini). Io continuerò a vivere a Solaria, badando agli schiavi e ai raccolti, mentre Junilla trascorrerà una parte del suo tempo insieme a me e un'altra parte a Roma o nella sua villa di Ercolano: ma questa è una decisione che abbiamo preso di comune accordo, senza nemmeno discuterne. Una decisione obbligata. Una signora non può isolarsi dal mondo, completamente e in via definitiva, per diventare la moglie di un contadino! Una signora deve essere sempre al passo con la moda, e deve badare alle amiche e ai pettegolezzi. Anch'io, del resto, prima o poi tornerò ad abitare in una città, almeno per qualche mese ogni anno. Quando Augusto, che secondo ciò che si dice è sempre piú malandato, si sarà deciso finalmente a morire, e quando il giovane Virgilio sarà in grado di occuparsi della nostra fattoria, dirò a mia moglie chi sono davvero, e le racconterò la mia vera storia. Allora, se lei mi perdonerà di averle mentito fino a quel momento, le chiederò di accompagnarmi a Pozzuoli, a posare un fiore sulla tomba del mio antico padrone. Poi andremo a stare nella sua casa di Roma, in vico Tusco: vicino alla statua del dio Vertunno (Velthune), ma soprattutto vicino alla bottega dei Sosii, la libreria piú grande e meglio fornita di tutta la città. Lí, finalmente, potrò comprare dei libri: tutti i libri che oggi vorrei avere e non ho, e ne riempirò un'intera stanza anche a Solaria...

La scorsa notte ho fatto un sogno. Ho sognato che era l'alba e che io ero ritornato a Sacni da solo, senza Virgilio né Mecenate. Le strade dove camminavo erano piene di ortiche e di rovi che mi costringevano a fermarmi ogni pochi passi, per liberare la toga dalle spine; e gli unici rumori che si sentivano, in quel borgo di fantasmi, erano i canti degli uccelli e i richiami dei gatti. Anche le Terme dovevano essersi prosciugate, perché le nuvole di vapore non c'erano piú, e il cielo sopra la mia testa era limpido. Procedendo tra i vicoli, ho visto i resti dell'edificio che era stato la casa-tempio delle sacerdotesse di Turan, anneriti dal fumo di un incendio; sono passato davanti alla locanda (diroccata) «del Convolvolo Azzurro» e mi sono diretto verso la spianata dei templi. I rovi e le erbacce, che avevano ostacolato il mio cammino fino a quel momento, in quella strada erano appena stati tagliati, e c'era qualcuno che li raccoglieva per metterli su un carro: un ometto alto come un bambino di dieci o undici anni, con la gobba e il gozzo. Allora ho sentito la mia voce che esclamava, prima ancora che avessi potuto pensarci: «Tu sei Aisna!»

L'ometto si è voltato verso di me. Teneva in mano un rastrello e con l'altra mano ha fatto un gesto di saluto, ma non ha detto nulla. «Com'è potuto succedere, – gli ho chiesto, – che la città-santuario dei Rasna sia caduta in rovina? Dove sono finiti i suoi abitanti?»

Lui continuava a guardarmi e a sorridere, e per un momento ho creduto che fosse stupido, o sordo, o che non capisse la mia lingua. Invece poi mi ha risposto: «È successo tanto tempo fa. Il dio Velthune si era stancato di avere attorno tutta quella gente, e gli ha mandato una malattia che si trasmetteva da un individuo all'altro: una specie di febbre, per cui le persone morivano...»

Mi ha strizzato l'occhio e io ho pensato che, forse, il dio Velthune era lui. Ho aperto la bocca per dirglielo e ho sentito la mia voce che chiedeva: «Si possono visitare i templi?»

«Certamente», ha risposto l'omino. Mi ha mostrato il rastrello: «Stavo appunto liberando la strada dai rovi, perché tu potessi arrivarci piú facilmente...»

Il tempio di Velthune era ridotto a un cumulo di macerie. Attorno ai muri esterni, scrostati e qua e là crollati, c'erano frammenti di ex voto, pezzi di statue e altri segni di saccheggio e di profanazione. Le grandi porte di legno e di bronzo erano scomparse e gli intonaci, dove c'erano ancora, erano coperti di disegni osceni e di scritte oscene (in latino). Dopo aver contemplato quelle rovine, mi sono diretto verso il tempio di Northia che sembrava conservato un po' meglio, e ci sono entrato; ma ho dovuto coprirmi il naso e la bocca con un lembo della toga, perché l'odore di escrementi umani, là dentro, era davvero insopportabile.

Dietro di me, l'omino rideva. «Come vedi, – mi ha detto, – Northia ha ancora qualche devoto, che di tanto in tanto viene a rendere omaggio alla sua divinità!»

Rozzi disegni tracciati col carbone sui muri rappresentavano cazzi e fiche di dimensioni mostruose, e accoppiamenti umani e bestiali di ogni genere. Una scritta in latino inneggiava alla fica pelosa («pilosam cunnum»); un'altra scritta informava i viandanti che in quel tempio, tutte le sere al calar del sole, veniva un certo Libonio, e che per approfittare di lui e del suo cazzo bastava aspettarli. La parete dei chiodi era crollata, e i cunei di ferro erano sparpagliati per terra. Tutti gli anni dei Rasna erano lí, tra i calcinacci e la merda... Anche il tempio di Mantus era vuoto e in parte rovinato. Nel suo interno, le statue dei démoni erano scomparse. Un giaciglio di paglia putrefatta, vicino all'ingresso, doveva essere servito agli amori di qualcuno (forse, un pastore dei dintorni), che poi aveva scritto sul muro i nomi delle sue vittime. Un elenco piuttosto lungo: «Tizia, fututa (fottuta); Caia, fututa; Sempronia, fututa...»

Mi sono voltato per vedere se Aisna era ancora con me, e lui ha alzato un braccio e ha fatto un gesto che comprendeva tutto quello che c'era lí attorno. Mi ha detto: «Benvenuto nell'epoca della scrittura! L'uomo che ha scritto quei nomi sul muro, – ha poi aggiunto, quando ha visto che mi chinavo per finire di leggere, – e che è morto già da una ventina d'anni, non fotteva per fottere: fotteva per scrivere...» Mi ha fatto segno di seguirlo tra i ruderi del tempio. Siamo andati ad affacciarci su un sotterraneo pieno di macerie e di ogni genere di detriti. La scala era crollata e cosí pure il soffitto, fra una trave e l'altra, ma io ho creduto lo stesso di poter riconoscere il luogo dov'ero stato insieme a Mecenate e a Virgilio tanti anni prima, e dove avevo trascorso una notte che era durata dieci secoli. Allora l'omino con la gobba ha battuto un piede per terra come facevano gli antichi cantastorie quando dovevano incominciare uno dei loro racconti, e si è messo in posa per accompagnare le parole con i gesti. «Prima che venisse piantato l'ultimo chiodo nel tempio di Northia, – ha detto modulando la voce in una specie di cantilena, – arrivarono a Sacni tre visitatori che volevano conoscere la storia dei Rasna. Gli fu chiesto di scegliere tra passato e futuro e loro, saggiamente, scelsero il passato, che a quel tempo ancora continuava a scorrere nel presente come un fiume sotterraneo, mentre oggi è una palude morta e livida di parole, che un giorno traboccherà e sommergerà tutto. Il tempo degli uomini, da quando Velthune e Northia hanno smesso di occuparsi di loro, si è ridotto a essere una rincorsa tra presente e futuro, sempre piú affannosa e sempre piú folle; e la ragione per cui ti ho portato qui, davanti a questa voragine, è che voglio dartene un assaggio prima che anche il futuro finisca. Voglio mostrarti il mondo dominato da Mantus e da Mania: il mondo scritto, con gli uomini che si dibattono tra i fili delle loro stesse parole come le mosche nella tela del ragno...»

*Timodemo aveva continuato a parlare fino a sera e io avevo continuato ad ascoltarlo e a prendere appunti, perché la sua storia mi interessava e perché alcuni dei suoi personaggi erano uomini famosi, di cui già sapevo (o credevo di sapere) molte cose, per averle lette nei libri: Mecenate, Augusto, Virgilio... Mi incuriosiva anche quella parte del suo racconto che riguarda gli Etruschi, e le ragioni del loro ostinato silenzio. Gli Etruschi, in questo nostro mondo popolato di grafomani fino dall'età della pietra, sono l'unico popolo che non ha lasciato scritto niente di sé: soltanto i nomi dei suoi morti, e qualche vaga indicazione sul modo di onorare gli dei e di prevedere il futuro. Sono riusciti a esistere, quei matti, e anzi a prosperare e a essere felici per quasi mille anni, senza sentire il bisogno di renderci partecipi dei loro pensieri e senza mettersi in posa per noi, in quella foto di gruppo che è «la storia»! Ma quando poi il freddo della sera ha incominciato a insinuarsi dentro alle mie ossa di vivo, mi sono tornate a mente le parole che Virgilio fa dire a Enea nel secondo libro dell'*Eneide*, sulla notte che «scende a precipizio dal cielo» e sulle stelle che invitano al sonno. Allora ho pregato Timodemo di terminare il suo racconto e di trarne le conclusioni, se c'erano delle conclusioni da trarre. Gli ho detto: «Sto per rientrare in casa, ho freddo. Ti prego di concludere».*

Lui ha alzato gli occhi e si è voltato verso di me, mi ha guardato in faccia per la prima volta. Ha scosso la testa.

«Tu non rientrerai da nessuna parte, – mi ha risposto, – perché sei un personaggio del mio sogno. Sono io che tra poco ria-

prirò gli occhi e mi troverò di nuovo nel mio letto, in casa mia, vicino alla mia piccola Eunice. Guarderò fuori della finestra e vedrò le masse grigiazzurre degli ulivi che degradano verso il torrente Cerbalo e verso il mare. Ripenserò a quest'ultima avventura che mi è stato concesso di vivere. Velthune, dopo avermi fatto viaggiare nel passato insieme a Mecenate e a Virgilio, ha voluto mostrarmi anche il futuro: quello dei templi diroccati di Sacni, quello dove mi trovo adesso e perfino quello che verrà quando tutto sarà terminato. Il futuro dopo il futuro...»

Gli ho chiesto: «Cosa verrà dopo il futuro? Tu, forse, lo sai?»

La sua risata ha turbato il silenzio del giardino, e ha fatto trasalire gli altri personaggi che si sono voltati a guardarci.

«Tornerà il passato, – ha risposto Timodemo. – Cos'altro vuoi che succeda?»

Ha alzato il polso sinistro, con il cerchio d'oro. «Velthune, – ha detto, con il tono di voce di un maestro che deve spiegare qualcosa a uno scolaro un po' stupido, – cancellerà le cose del mondo e i loro nomi, come si cancellano i segni di uno stilo da una tavola incerata, o quelli di un gesso da una lavagna. Allora tutto ricomincerà dall'inizio. Il dio-dea della vita e il dio-dea del tempo torneranno a incontrarsi, nel buio eterno che precede e segue ogni cosa, e immagineranno un mondo in parte simile e in parte diverso rispetto a quelli che l'hanno preceduto. Immagineranno il sole e la luna, i mari e le montagne, gli animali e gli uomini: e tutto ciò che prenderà forma nel loro pensiero, immediatamente diventerà reale...»

Indice

Stampato per conto della Casa editrice Einaudi
presso Mondadori Printing S.p.A., Stabilimento N.S.M., Cles (Trento)

C.L. 17324

Edizione						Anno			
12	13	14	15	16		2012	2013	2014	2015